KB105870

아주
이기적인
행복

아주 이기적인 행복

발행일	2019년 9월 11일

지은이	꿈꾸는 아줌마
펴낸이	손형국
펴낸곳	(주)북랩
편집인	선일영
디자인	이현수, 김민하, 한수희, 김윤주, 허지혜
마케팅	김회란, 박진관, 조하라, 장은별
출판등록	2004. 12. 1(제2012-000051호)
주소	서울시 금천구 가산디지털 1로 168, 우림라이온스밸리 B동 B113, 114호
홈페이지	www.book.co.kr
전화번호	(02)2026-5777

편집 오경진, 강대건, 최예은, 최승헌, 김경무
제작 박기성, 황동현, 구성우, 장홍석

팩스 (02)2026-5747

ISBN 979-11-6299-849-6 03810 (종이책)   979-11-6299-850-2 05810 (전자책)

이 도서의 국립중앙도서관 출판예정도서목록(CIP)은 서지정보유통지원시스템 홈페이지(http://seoji.nl.go.kr)와
국가자료공동목록시스템(http://www.nl.go.kr/kolisnet)에서 이용하실 수 있습니다.
(CIP제어번호: 2019036047)

타인의 시선에서 벗어나
내 방식으로 행복을 찾는
12가지 비결

아주
이기적인
행복

HAPPY CAFE

꿈꾸는 아줌마 지음

북랩 book Lab

사랑하는 친구 쑥이랑 캠핑을 갔다. 불이 아름다워지는 밤이 왔다. 전등을 켜고 화로 땔감에 불을 피웠다. 때론 어둠이 많은 것을 채운다. 쌀쌀함이 느껴져 화로로 의자를 당겨 앉았다. 파란색 캔이 도드라지는 카스 맥주를 마시며 연인이나 되는 듯 눈을 맞췄다.

"내 생각에 세상에 진리는 하나인 거 같아. 그걸 찾는 방법이 다양할 뿐이지. 나 같은 경우는 심리상담 공부를 하면서 깨달은 거 같아. 너의 경우는 명상인 거 같고."

"맞다. 나도 그래 생각한다. 인자 말이 좀 통한데이."

"얼마 전에 EBS에서 하는 산티아고 순례길에 관한 프로를 봤는데, 젊은 사람보다 연세가 많으신 분들이 더 많더라. 삶을 살아가다 보면 '나에 대해 의문을 가지는 때가 죽기 전에 한 번은 꼭 오는 것 같아. 그때가 언제인지는 개인마다 달라서 알 수 없겠지만."

"참 신기하네. 나는 니가 정말이지 저래가꼬 어떻게 살라고 그라는고 했다."

"그자? 그럴 때 있었제? '사람이 저래 답답해가꼬 어떻게 사는가 몰라?' 생각 드는 사람이 있던데, 그 사람이 나더라. 존재 자체를 부정하고 싶을 만큼 부끄러워 고개를 들 수가 없었다. 근데, 내가 갑갑하게 산다는 걸 알아차렸잖아. 그걸 안 순간부터, 예를 들면 '~는 ~다.'라는 공식 같이 생각하지 않으려 노력했다. 갑갑함은 내 일부이지 전부도 아니고. 너에 대입해서도 생각해봤다. 쑥이는 분명 알 텐데 여태 나를 친구로 만나온 건 무슨 이유일까? 친구라서일까? 아니야. 분명 오랜 시간 인연을 이어가고 싶은 이유가 내겐 분명히 있을 거야. 성실함이 될 수도 있고, 뚝심일 수도 있고. 나는 알 수 없고 판단할 수 있는 것도 아니고. 단지, '나도 모르는 매력이 있다.'로 끝내기. 네가 나를 매력이 없다 생각하고 그저 친구로만 만나왔어도 나는 어쩔 수 없는 일이지 뭐."

"하하하. 맞다, 맞아."

"이제야 내가 할 수 있는 것과 없는 것을 구분하며 살기 시작한 거 같다."

멈추지 않고 성장하기 위해 한 발짝 발을 뗀 것에도 응원해가며 느긋하게 나이 들고 싶다.

우리의 밤이 깊어간다.

심리상담 수업은 나에 대한 많은 것에 대해 생각해보는 계기가 되었다. 그 중 하나로 '10년 뒤 미래의 내 모습'에 관한 콜라주 작업을

×
×
×
×

했던 기억이 난다. 잘 쓰는지 못 쓰는지는 접고, 글을 쓰는 사람이
고 싶었다. '10년 뒤 미래의 내 모습'에 관한 콜라주 오른쪽 귀퉁이
에는 "와우, 꿈아가 출간한 책!"이 있다. 글이란, 아니 책 출간이란
문학적으로 글을 잘 쓰는 사람들이나 할 수 있는 것이라고 생각했
다. 책 출간보다는 작가란 표현이 더 어울리겠다. '10년 뒤 미래의
내 모습'을 '2년 뒤 미래의 내 모습'으로 바꾸어 준 것은 공교롭게도
돈이다.

　늘 가성비 갑을 외치며 살아오던 삶이다. 투자한 돈 대비 많은 것
을 얻고자 노력하던 삶에서 이은대 작가님의 글쓰기 수업료가 오른
다는 공지를 보아 버렸다. 매달 4번의 주말 중 2번의 주말을 엄마 일
을 돕고 있는 내게 토요일 3번 수업은 사실 벅찼다. 그때는 심리상
담 수업을 받으며 마무리로 자격증을 시험까지 치른 시점이었다. 쉬
고 싶은 마음이 들었고 '내가 책을?' 하는 마음이 가장 크게 자리했
다. 아마 평생 재수강이란 특전이 없었다면 도전조차 해보지 못했
으리라. 다른 방향의 삶을 원한다면 내가 해오던 것과 다른 짓을 해
봐야 바뀔 수 있다는 걸 또 한 번 깨달은 예이다.

　작가님의 수업은 재미있다. 글쓰기 수업인데 인생 수업 같다. 살아

× × × ×

가면서 존경하는 사람을 만나 본 적이 없다. 그런 표현을 써 본 적도 없다. 내 주위에 그런 사람이 없는 것인지, 아니면 내가 보는 눈이 없는 것인지 궁금했다. 나를 보살피며 나에 대한 관심을 갖기 시작하는 삶을 살기 시작했다.

"내 속에 내가 너무도 많아 당신의 쉴 곳 없네~"

거죽은 '나'이나 속은 온통 '타인'인 삶을 살았기에 고통스러웠던 삶. 작가님의 글쓰기 수업은 '있는 그대로의 나'를 받아들이는 쐐기를 박는 작업이었다. 쓰레기라고 믿는 나에 대한 글을 쓰며 내 속에 가득 찬 쓰레기를 치울 수 있게 됐다. 역시 그대로 보지 못하면 그 다음은 없는 것이었다.

어렸을 때부터 꾼 꿈이었다. 부자가 되고 꿈. 먹고 싶은 과자 하나 마음대로 사 먹지 못하는 우리 집이 싫었다. 그럼에도 아픈 아빠가 있어 엄마가 나를, 혹은 우리를 버릴지도 모른다는 불안으로 단련하고 예쁨 받기 위해 애쓰며 살았다. 초등학생 때 생긴 꿈은 시를 쓰는 사람이 되고 싶다는 것이었다. 이달학습에 부록으로 달려있던 시를 읽으며 마음이 활짝 피는 걸 경험했다. 힘들 때 내가 지은 시한 편으로 행복을 느낄 수 있다면 얼마나 좋을까. 그때의 나는 시한 편이 돈을 이길 수 있는 것이라 생각했다.

두서없이 써내려간 글이 '혼자'라는 외로움에 따뜻함을 전할 수 있길 바란다.

나이가 좀 들면 책을 한 권 써야지 했다. 이 책이 세상으로 나온다는 건 평생을 꾸어왔던 내 꿈이 이루어지는 것을 뜻한다. 꿈을 이룰 수 있도록 쓰는 삶에 대해 이야기를 해주신 이은대 작가님께 감사드린다. 행동하는 사람이 되도록 본보기를 보여주셔서 감사드린다. 그리고 작가님께 존경을 표한다.

이 책이 '이 정도라면 나도 쓸 수 있겠어.'라는 마음으로 이어져 누군가의 글쓰기로 이어진다면, 그것 또한 내 삶과 누군가의 삶에 보탬이 되는 일이 될 것이다.

차
례

들어가는 글   *5*

제 1 장 만만치 않았던 시간들

01. 아픈 아빠   *16*
02. 물질하는 엄마   *22*
03. 그리고 우리들   *31*
04. 삶의 무게가 너무 무거웠다   *38*
05. 그건 씨앗이었네   *44*

제 2 장 악착같이 살았던 성장기

01. 컴퓨터를 배우다   *52*
02. 아르바이트   *58*
03. 나의 첫 직장   *64*
04. 인생은 뜻대로 되지 않는다   *70*
05. 대한민국 20대, 미래에 미치다   *76*

제 3 장 정리되지 않은 삶

01. 웹디자이너   *82*

02. 취업과 퇴사   *88*

03. 경제적인 문제에서 벗어난 적이 없었다.   *94*

04. 무엇이 내 삶을 결정하는가   *101*

제 4 장 심리를 배우다

01. 마음 공부   *108*

02. '나'와 마주하다   *115*

03. 엄마의 인생설계도   *121*

04. 삶을 바라보다   *132*

05. 나에게 묻는다   *137*

제 5 장 나의 행복을 위하여

01. 조금은 이기적인 삶이 되기로 했다 144

02. 내가 행복하면 온 세상이 행복하다 151

03. 누군가를 돕는다는 것 157

04. 내 삶의 길을 정하다 162

05. 더도 말고 덜도 말고 할 수 있는 만큼만 169

06. 한 걸음만 떨어져서 175

07. 나의 행복이 당신들의 행복 180

08. 당신의 마음에 내 마음을 포개보면 184

09. 마음이 편하려면 몸이 힘든 세상 이치 190

10. 처음부터 잘하는 사람이 이상해 197

11. 쓰레기라도 써야겠습니다 204

12. 내가 변하면 모든 것이 변한다 210

마치는 글 226

아주
이기적인
행복

제1장

만만치 않았던 시간들

01
아픈 아빠

96년도에 종합고등학교 상업과를 졸업했다. 공부를 썩 잘하지도, 그렇다고 못하지도 않는 중상위권 정도. 빠른 취업을 위해 자격증을 따야겠다고 생각했다. 컴퓨터 학원을 다니며 자격증 취득을 시작했다. 워드프로세서 3급을 시작으로 2급, 정보통신운용기능사, 정보처리기능사 자격증을 손에 넣었다. 다음 도약을 위해 자격 과목을 보던 중 정보처리기사가 눈에 띄었다. 가장 쉬운 조건이 전문대학에라도 진학을 하는 것이었다. 이때부터 불평이 생긴 것이 아닐까 싶다. 대학 진학을 하지 않아도, 동종업계의 경력 없이도 잘할 수 있잖아. 그런데 자격 응시 조건을 딱 못 박아 놓은 것이 마음에 들지 않았다. 전문대학에라도 가고 말 테다. 작은 불평이 커지며 2년제 대학에 입학했다.

대학은 새로운 세상처럼 느껴졌다. 동아리 신입생을 받기 위해 많은 동아리가 홍보를 하고 있다. 글짓기와 관련된 동아리는 없나 살펴보았다. 문학회 동아리가 있다. 문학회에 등록했다.

아침에 일찍 오면 동아리방에 들렀다가 강의실을 찾았다. 점심 먹은 후에도 동아리방을 들렀다. 시간이 비는 동안 내가 들를 수 있는 공간이 있다는 것이 좋았다. 동아리방이 쭉- 늘어선 공간 또한 묘한 매력이 있었다. 점심을 먹고 잠깐 동아리방에 들렀다. 우리 기수의 회장이 모임 건으로 집에 전화를 했는데 자꾸 이상한 사람이 받더라고 했다. 전화번호가 000-0000이 맞는지 물었다.

"번호 맞는데? 어떻게 이상하게 전화를 받던데?" 하고 물었다.

회장이 "자꾸 '야, 야, 야, 으응, 으응, 으응.' 하길래 이상해서 끊었어."라고 답했다.

"우리 아빠 맞네. 아빠가 아파서 말을 못한다. 니 많이 놀랬겠데이." 했더니 친구가 당황했다. 물어보기 전에 하면 안 될 이야길 한 건가?

이야기를 끝내고 강의실로 향하는 계단에서였다. 상황을 함께 한 같은 과 동아리 친구 S가 물었다.

"어떻게 하면 아빠가 아픈 이야기를 아무렇지 않게 말 할 수 있어?"

순간 내가 아무렇지 않았나 잠깐 생각에 잠겼다.

"아빠가 아픈 게 아무렇지 않았던 건 아닌데, 그게 사실이니까. 숨긴다고 해도 달라질 것은 아무것도 없잖아."

잠깐 침묵하던 친구 S가 말했다.

"우리 아빠는 지하철 부전역 근처에서 붕어빵 장사를 하시거든. 그 앞을 지나갈 일이 있어도 나는 아빠를 아는 척을 하지 않아. 솔직히 부끄러웠거든. 근데, 네가 하는 이야기를 듣고 반성하게 됐다."

"아~ 맞나."

사람은 다른 이의 아픔을 알게 되면 자신의 아픔도 내어놓을 수 있게 되는가 보다.

머리 왼쪽 위로 지름 3㎝ 정도의 혹이 볼록 튀어나와 있다. 검은

머리칼보다 흰 머리칸이 돋보인다. 머리 밑이 보이는 머리숱. 오른쪽 팔다리의 마비로 왼쪽 팔다리만 사용했기 때문에 왼쪽 다리 혈관은 근육을 뚫고 나올 기세로 팽창되어 있다. 오른쪽 팔다리는 앙상한 나뭇가지 같다. 처진 눈매와 연결된 주름지고 까무잡잡한 얼굴이 하회탈을 연상시킨다. 말을 잃은 아빠의 주된 말은 다음과 같다.

"야~."

"안녕하십니까?"

"ㅇㅇ아~."

"에이, 니미 시발."

"예~?, 예／, 예＼."

아빠가 "예／"라고 말하면 나는 "엄마는 아직 가게에 있어요."라고 대답한다.

아빠의 똑같은 말에도 대답이 달라지지만, 90%의 적중률을 자랑한다. 햇빛 눈부신 어느 날 9살 된 아들 녀석들이 "할아버지는 말도 못하는데 엄마는 할아버지가 물어보는 걸 어떻게 알아요?"라고 물었다. 처음부터 90%의 적중률은 아니었다.

계절이 봄이라면 꽃이 불쑥 튀어나올 듯 화려한 꽃무늬의 동그란 알루미늄 상에서 아침을 먹다 갑자기 수저를 떨어뜨리며 아빠가 쓰러졌다고 엄마는 말했다. 아빠의 병명은 중풍이다. 완도가 고향인 아빠는 인물도 좋고 머리도 제법 좋았다고 한다. 그런데 젊은 나이에 말과 신체의 일부를 잃어버렸다.

아빠는 퇴원하고 집으로 돌아와 신세 한탄하듯 손에 잡히는 대로 물건을 집어 던졌다. 말이 통하지 않으니 증상이 점점 심해지는 것 같았다. 해결책이 시급한 우리는 머리를 모았다. 하얀 마분지에 칸을 만들고 연탄, 물, 밥, 가족 구성원 등의 그림을 그리고 그림 밑에 단어를 적어서 "밥을 달라.", "물을 달라.", "연탄을 갈아야 한다.", "약을 먹어라." 등의 의사소통을 시작했다. 처음 이것을 만들 때의 우리는 아빠가 영영 말을 하지 못할 거라는 걸 알지 못했다. 그림을 보고 밑에 단어를 보며 계속 연습하다 보면 예전처럼 말을 할 거라고 생각했다. 아빠는 두 번 다시 말을 하지 못했으나, 한마디씩 내뱉는 음절의 높낮이만으로도 아빠의 말을 알아들을 수 있게 되었다.

초등학교 입학하기 전부터 아팠던 아빠와의 따뜻한 기억은 생각나지 않는다. 아빠는 병을 얻어 바깥 생활이 어려워지자 먼지와 사투를 벌이는 사람처럼 쓸고 닦고를 반복했다. 북한이 무서워 쳐들어올 수 없다는 우스갯소리까지 있는 중학생이 되었다. 뎅구는 낙엽에도 눈물이 나고 머리칼을 날리는 매서운 바람에도 깔깔깔 웃는 몰랑몰랑 복숭아 빛깔 소녀 감성이었다. 중앙이 정제였고, 왼쪽 방을 언니와 내가 썼으며, 오른쪽 방에서 엄마 아빠와 동생이 지냈다.

언니와 내가 쓰는 우리 방을 구조를 아빠는 못마땅하게 생각했다. 정확하게 말하면 1줄 5칸짜리 내 책장이 있었다. 우리 방에 내물건이라곤 그것이 전부였다. 책장을 가로로 눕혀서 책을 정리하고 조그마한 소품으로 꾸며놓았다. 그런데 학교에 다녀오면 내 책장이 세로로 세워져 있었다. 책장 안의 책이 뒤섞이고, 아기자기한 소품들도 책장 첫 번째 칸에 마구 쑤셔 놓았다. 세상에 집에서 내 맘대로 되는 것이 하나도 없다. 책장조차 내가 원하는 방식으로 놓지 못한단 말인가. 복숭이 빛깔 소녀를 활활 타오르는 장작으로 바꾸어 놓았다. 누가 먼저 나가떨어지는지 게임이 시작되었다. 하지만 징글 징글하게 쓸고 닦는 것이 삶의 전부인 아빠의 승리로 끝이 났다.

아빠는 불편한 몸이 적응되었다 싶었을 때 대변 앞바다에서 멸치 배가 털어내는 멸치를 주웠다. 멸치를 팔아서 생긴 지폐는 두 번 접 어서 딱 맞게 들어가는 검은색 동전 지갑에 곱게 넣어서 아빠만 알 수 있는 곳에 몰래 숨겼다. 가끔 언니와 나 몰래 남동생에게 용돈을 주다가 발각되는 날에 불쑥 끼어들어 "저도 용돈 주세요." 하면 손 을 세차게 흔들며 "에이, 니미 시발."이라 했다. "아빠가 무슨 돈이 있 다고?"라는 뜻이다. 똑같은 자식인데 왜 내겐 주지 않는지. 나중 에 커서 돈을 벌면 아빠한테 용돈 주나 봐라 하는 마음이 들기도 했다.

친정에 가면 아빠는 고개를 왼쪽으로 15도 정도 기울인다. 눈은 깜빡한다면 또르르 눈물이 떨어질 듯 촉촉하다. "사랑하는 작은딸." 하며 금방이라도 말할 것 같아 마음이 풍선처럼 부풀어 오른다. 착 각은 자유. 손바닥 안쪽을 보이게 내밀어 위아래로 반동을 준다. 또 는 왼손 엄지와 검지를 교차시켜 돈을 셀 때 모습을 취한다. 아빠의 행동은 바늘이 되어 부푼 풍선을 사정없이 푹- 찌른다. 내가 원하던 기대에서 어긋나자 "아빠가 딸한테 용돈 좀 줘 봐요." 하며 되려 아 우성을 치거나, 케케묵은 옛 이야기를 들춰가며 "용돈은 아들만 주 더니 아빠 용돈은 왜 딸에게 달라고 해요?" 하며 성질을 부린다. 아 빠는 내가 성질을 내면 마음이 아프기는 할까?

친정집에서 아빠는 계절을 불문하고 두툼한 체크무늬 요를 첫 번째로, 장판 무늬 전기장판을 두 번째로, 낡아 헤진 얇은 요를 세 번째로 깔고 누워서 격투기 프로를 시청하는 걸 즐긴다. 격투기에 푹 빠져 있을 땐 가만히 누워서 보지 못하고 자리에 앉아 직접 그 경기에 참여한 사람인 듯 불편한 몸을 이리저리 비틀어가며 TV 속에 들어가 있다.

그런 아빠의 외로운 등짝을 마주할 때마다 생각한다.

언제 저렇게 늙어버렸을까.

02
물질하는 엄마

머리부터 발끝까지 까만 고무 옷에 무거운 납덩이를 엮은 허리띠를 맨다. 납덩이 허리띠 옆에 호맹이, 빗장을 건다. 바다에 들어가기 전 엄마뿐 아니라 대부분 해녀들이 잊어버리지 않고 하는 의식 같은 것이 있다. 바로 뇌선 한 첩 털어 넣기. 바다 깊이 들어가면 수압의 영향으로 인한 먹먹함 때문에 물질이 어렵다고 했다. 고통을 느끼지 않는 진통제 같은 건데, 다른 건 거들떠보지도 않고 오직 뇌선이다. 또 하나는 물에 들어가기 전 수경에 바닷물을 조금 담아 휙 둘러서 버리고 사용한다. 취향에 맞지 않는 해녀는 "퉤퉤." 침을 뱉어 문지르기도 한다. 수경이 콧김으로 인해 가려지는 것을 방지하는 행동으로, 엄마는 바닷물 두르는 취향이다.

찬바람 불어 가을을 보내고 겨울을 맞이할 계절이 되면 앙장구를 채취할 때가 되었다는 신호다. 다른 것을 채취하는 건 다 사이드다. 앙장구의 첫 작업이 시작되면 한 달가량 어촌계의 지시를 따른다. 오늘의 채취구역과 시간을 정한다. 십시일반 돈을 모아서 오늘의 구역마다 데려다주고, 데리고 갈 기사를 구해야 한다. 트럭을 빌리는 건 기사의 몫이다. 작업 시간에 맞춰 해녀를 태워 작업장소와 가장 가까운 곳에 내려주고, 나올 시간에 맞춰 데리러 가서 손짓을 한다.

손짓을 보고서 취하는 행동을 보면 각 해녀의 성격을 알 수 있다. 서둘러 나오는 사람. 손짓을 보고 못 본 척 자리까지 이동하는 사람. 마지막 주인공은 나야 나를 외치듯 버티는 사람. 엄마는 언제나 서둘러 나오는 사람에 속한다고, 운전기사가 된 동네 오빠가 귀뜸을 해줬다. 어린 맘에 '다른 사람들은 다 늦게 나오는데 더 잡아서 나오지 왜 서둘러 나오나' 생각도 했다.

앙장구를 어촌계에 넘기기 위해서는 가족의 노동이 필요하다. 온 가족이 매달린다. 아빠는 불편한 몸이지만 앙장구에 붙어 있는 바다 해초 찌꺼기를 제거한다. 엄마가 앙장구를 반으로 가르기 쉽게 바닥에 줄을 세워 놓는다. 엄마는 1초에 2~3개의 앙장구를 반으로 가른다. 언니와 동생, 그리고 나는 반으로 갈라진 앙장구를 깐다. 반달 모양이 된 앙장구의 직선 면을 세로로 잡는다. 전용 숟가락으로 앙장구의 곡선 부분을 따라 위에서 아래로, 아래서 위로 두세 번 반복하여 훑고 긁어내리면 한쪽 면 까기 완료. 이어서 눈앞의 양장구가 사라질 때까지 반복하면 양장구 까기 완료.

다음은 엄마의 손길이 또 필요한 부분이다. 앙장구 알에 붙어 있는 똥을 제거해야 한다. 똥을 잘 거르기 위해서는 수작업으로 만든 채가 필요하다. 깊이가 있는 지름 25㎝ 스댕 그릇에 윗부분 3㎝정도를 제외하고 고르게 못질을 해서 뒷부분이 거칠게 튀어나와 똥이 거친 부분에 걸리게 된다. 채를 살살 흔들며 손으로 알이 터지지 않게 잘 다루어주어야 하는 노하우를 가져야 하기에 엄마만 가능하다. 여기까지 오면 대부분의 작업은 끝난다. 그리고 여기에 필요한 모든 물은 갱물(바닷물)로 해야 한다.

여름이면 성게를 주로 채취한다. 참소라, 돌멍게, 반고동, 돌낙지(사람들은 문어라고 하드라), 문어(우리가 사는 지역에서는 문어 대가리가 돌쟁이 머리만큼은 되어야 문어라고 부른다) 등등. 때론 한눈팔던 물고기도 잡는다. 엄마는 동네에서 물질 좀 하는 해녀이다. 물질하러 갔다오는 엄마의 망사리는 언제나 궁금했다. 붉은 벽돌을 연상시키는 돌낙지를 잡았을까? 전복은 땄을까? 해삼은? 해삼은 또 빨간 해삼인 홍삼이 귀한데 이왕이면 그걸로. 군수는 좀 잡았나? 군수는 생으로 보면 그 형체를 알아볼 수 없어 외계 생명체 같다. 삶으면 신발 같은 모양이 확인된다. 동그란 알사탕처럼 생긴 노란 알이 맛있다.

가끔은 바다 등대 길에 앉아서 물질하는 엄마를 하염없이 바라보았다. 어린 마음에 엄마가 물질하며 힘든 걸 느껴보겠다고 물속에 있는 동안 똑같이 숨을 참아봤다. 매번 엄마의 머리가 올라오기 전에 나는 입을 벌리고 헐떡거렸다. 수십 번을 도전해도 결과는 같았다. 어른이라서 잘 참는 건 아닐까? 아닐 거라 생각하자 눈물이 핑 돌았다. 물질 갔다 돌아온 엄마에게 물었다.

"엄마, 내가 엄마 물질하는 동안 똑같이 숨 안 쉬어 봤거든요. 한번도 못 이겼어요. 엄마는 안 힘들어요?"

"내를 따라 했다고? 하하하."

"네. 근데, 진짜 안 올라오던데요."

"하나 잡고 숨이 차서 올라오려고 하는데 또 잡을 것이 보이면 일단 숨을 참고 그걸 잡아야 한다. 숨 한 번 쉬고 내려가면 그기 그 자리에 없는 경우가 많다."

하나라도 더 잡으려고 내쉬어야 할 숨을 참는 엄마가 걱정됐다.

20살이 되기 전 어느 날이다. 엄마는 유독 잘 보이지 않는다고 말했다. 언니가 안경이라도 맞추라며 하얀 편지 봉투에 현금을 담아줬다. 둘이서 티격태격. 급기야 언니가 엄마에게 준 현찰이 방에 뿌려지는 사태가 발생했다. 그제야 귀에 들어오는 말은 엄마가 뱉어내는 독 같은 말이었다.

"니가 여지껏 내한테 해준 것이 뭔데?"

언니의 얇은 입술이 벌어졌다. 나는 입술을 꽉 다물었다. 언니가 현금 봉투를 엄마에게 건네는 걸 몇 차례나 보았다. 그럼 그건 뭘까? 액수라고밖에 생각할 수 없었다. 뭉칫돈이 아닌 푼돈으로는 엄마에게 주지 않겠다는 다짐을 했다.

97년, 일을 시작했다. 월급날이 되자 첫 월급이라고 현금이 든 봉투를 받았다. 언니의 첫 월급날이 떠올랐다. 첫 월급에는 부모님께 빨간 내복을 사드려야 한다고 했다. 언니는 받은 첫 월급에서 엄마, 아빠의 선물로 산 내복 값을 제외하고 엄마에게 내밀었다. 엄마는 봉투를 열어보고는 언니의 등짝을 손으로 사정없이 두들겼다. 이유는 첫 월급을 엄마에게 주지도 않고, 헐어서 썼다는 이유였다. 다른 것도 아니고 부모님 내복 사드린다고 쓴 돈이었다.

급여를 어떻게 처리할 것인지 머릿속이 복잡해졌다. 저녁을 먹고 월급봉투를 내밀며 말했다.

"엄마 첫 월급 받았어요. 급여를 엄마 다 드리고 엄마한테 용돈을 받아 쓸까요? 아니면 제가 관리할까요?"

"야가 나중에 무슨 소리할라고. 니가 다 관리하고 내한테 손 벌리지 마라."

"네-."

이렇게 돈 관리가 시작되었다.

첫 급여로 65만 원을 받았다. 푼돈이 아닌 뭉칫돈을 만들려고 엄마용 적금 5만 원을 넣었다. 근속기간이 늘어날수록 엄마용 적금도 조금씩 늘고 있다. 머무르지 않고 발전하는 사람이 되고 싶다. '어떻게'로 시작한 물음은 운전면허로 모였다. 필기시험에 응시해 합격했다. 운전학원을 찾아보니 서면과 문현동 두 곳이 있다. 문현동이 덜 외진 곳처럼 느껴졌다. 불확실한 저녁보다는 확실한 새벽 수업으로 정했다. 이른 시간에 택시가 있는 것에 감사하며 택시를 탔다. 돈이 부족했다. 엄마용 적금을 해약했다. 속으로 찔렸지만 엄마에게 말하지 않은 것에 안도했다. 하루는 엄마가 물었다.

"니 무슨 돈으로 운전 배우노?"

"그거 돈이 많이 들어서 5만 원씩 모으던 적금 해약했어요."

"뭐?"

엄마의 동공이 너무 확장된 탓에 긴장했다.

엄마는 "나쁜 년. 내 줄라고 돈 모으는 줄 알았더니 그걸 지가 다 썼네." 하며 한숨을 쉬었다.

자식 키워봐야 소용없다는 하소연도 따라왔다. 난 말한 적 없는데 어떻게 알았지? 엄마는 정말 모르는 것이 없다.

보라색 브이 네크라인. 가슴 중앙에 알파벳과 찡으로 꾸민 티셔츠. 헐렁한 힙합 청바지. 특별할 것 없지만 제법 어울리는, 20대 후

반에 즐겨 입던 옷차림이다. 토요일 오후 친구와 오랜만에 영화나 한 편 볼까 싶어서 비디오 가게에 들렀다. 진열된 비디오테이프를 꺼내 들어 비디오테이프 박스에 적혀 있는 영화설명을 꼼꼼하게 읽는다. 간만에 즐기는 주말을 확실하게 책임질, 마음에 남는 영화를 고르고 싶다. 중요한 순간에 울리는 벨 소리.

"여보세요?"

"꿈아나?"

"네~."

기장 아저씨다. 대답을 했는데 말씀이 없다. 한숨을 쉬고 또 침묵하시다가 이내 결심한듯 말씀을 꺼냈다.

"엄마한테… 주변 사람들이 오해를 하는 거 같아서… 집에 오지 않는 것이 좋겠다고 했는데… 그러고 갔는데… 다시 왔다. 그런데… 농약을 사 와서… 그걸 마셔버렸다. 내가 병원으로 바로 데리고 와서 위세척은 했는데…. 어떻게 될지 모르겠다. ○○병원에 있으니 빨리 좀 오너라."

세상이 멈췄다. 다른 사람도 아닌 우리 엄마가 농약을? 하…. 친구에게 다음에 봐야겠다고 말했다. 덜덜 떨리는 하얀색 캐피탈을 타고 ○○병원으로 향했다. 중환자실. 하얀 침대 위에 다시는 눈을 뜨지 않을 것처럼 엄마가 누워 있다. 하얀 가운을 입은 의사는 3일도 넘기기 힘들 것 같으니 빨리 가족과 친지들에게 연락하는 것이 좋겠다고 했다. 소설이나 TV 드라마에서 나오던 것처럼, 농약을 마시면 정말 사람이 죽는구나. 의사에게 향했던 눈이 기장 아저씨와 마주쳤다. 약속이라도 한 듯 4개의 눈이 촉촉해졌다. 곧 소나기가 피부올 것 같았다. 축 늘어진 등을 보이며 기장 아저씨는 중환자실 나갔다.

한참을 허둥댔다.

군 복무 중인 동생에게도 연락을 해야 하는 건 아닐까? 어디에 연락해야 하지? 엄마가 보험은 들었을까? 근데, 자살을 시도한 사람도 보험이 나오나? 아픈 아빠는 어떻게 하지? 시집 안 간 내가 모시고 살아야 되겠지? 그러다 시집을 가면 어떻게 해야 하지? 그때도 내가 모시고 살아야 할까? 엄마는 돈을 좀 모아놨을까? 과연 내 월급으로 아빠랑 함께 살 수는 있을까?

정리되지 않는 생각이 탱탱볼처럼 이리저리 튀었다.

시간이 지나자 엄마는 눈을 껌벅거렸다. 태어난 지 얼마 안 된 아기가 안간힘을 쓰며 눈을 뜰 때처럼. 내가 누군지도 알아보고 언니도 알아본다. 동생에겐 따로 연락하지 않았다. 찰나에 엄마의 거취가 이승과 저승으로 갈릴 수 있는 긴급 상황. 지금 연락해도 이승과의 인연이 끊어진 뒤와 다를 것이 없다는 결론을 내렸다. 잘한 일이라고 생각됐다. 엄마의 정신이 드니 의사 저 나쁜 놈을 봤나 싶다. 언니는 의사들은 원래 최악의 상황을 이야기한다고 했다. 하지만 못마땅한 건 어쩔 수 없는 일이다.

엄마는 퇴원했다. 아무 일 없었다는 듯이 집으로 돌아왔다. 엄마는 일터인 해녀촌으로 돌아갔다. 그날의 사건은 금기어가 되어 가족도 입을 닫았다. 해녀촌의 이모님들은 쉬쉬하며 몰래 수군거렸다.

해녀촌은 여러 가지 해산물을 판매한다. 전복으로 죽도 끓여서

판다. 해녀촌을 찾는 손님과 대화도 필요하고 음식의 간도 맞춰야 한다. 일을 시작한 엄마를 돕기 위해 주말에는 해녀촌으로 간다. 엄마는 손님이 불러도 대답이 없고 큰 소리도 잘 듣지 못했다. 엄마가 끓인 죽을 손님께 내어갔다. 죽이 짜서 먹을 수가 없다고 손님이 역정을 낸다. 한 번이 아니라 여러 번 반복되었다. 엄마가 끓이는 죽, 김치는 맛있기로 소문이 났는데…. 그날의 선택으로 엄마는 청각과 미각에 문제가 생겼다. 병원에서는 예전처럼 돌아올 수도 있고 아닐 수도 있다고 했다.

십수 년이 지나서야 엄마의 청각과 미각이 어느 정도 돌아왔다. 아직도 궁금한 건 그날의 엄마가 한 선택이다. 젊음이 한창이던 때에 중풍이라는 큰 병을 얻은 남편을 돌보고 아이 셋을 키웠다.

온갖 험한 꼴 봐가며, 참아가며 살아온 세월이라고 했잖아. 자살을 시도할 것이면 그렇게 힘들 때 했어야지. 복부 아래에서부터 농도 깊은 배신감이 차오른다.

요즘, 힘들었을 때 이야길 하거나 아무것도 아닌 이야기에도 눈시울을 붉히거나 눈물을 훔치는 엄마를 본다. 살면서 엄마의 눈물을 본 기억이 거의 없었다. 세월이 흐를수록 엄마의 눈물도 늘어나나 보다.

기장 아저씨는 가족이나 다름이 없다. 친지들보다 더 가깝다. 내가 초등학교를 다니던 시절 때부터 이어진 인연이다. 서로의 가족들이 다 알고 지냈는데…. 기장 아저씨의 아내가 지병으로 먼저 죽었다. 이것일까? 그 오랜 시간을 한번에 덮어버린 것이. 오해라는 것을 빌미로 수근거리는 사람들이 있다. 죄다 남 말하기 좋아하는 주변 사람들이다.

엄마에게 묻고 싶었다.

"왜 그랬어요? 그때 받은 마음의 상처는 괜찮아요?"

굳이 오랜 세월 묻혀둔 이야기를 끄집어낼 필요가 있을까 싶지만, 자세히 보면 모든 것을 들어줄 준비가 되지 않은 내가 있다.

03
그리고 우리들

작은 어촌 마을. 방 두 칸 사이에 부엌이 있는 집에 살고 있다. 작은 집이지만 창고 옆으로 장독대와 조그만 푸세식 화장실이 있다. 언니와 함께 쓰는 방 옆으로 우물과 탱자나무가 한가득 자라고 있다. 집 왼쪽은 물건을 적재하는 창고로 사용했는데 멸치젓갈 공장이 들어왔다. 젓갈을 풀 때마다 코를 틀어막아야 한다. 집 앞 큰 공터에 건물을 짓기 시작하자, 방문을 열면 보이던 파란 바다 대신 회색 건물이 덩그러니 나를 본다.

작은 어촌 마을답게 '배'를 소유하면 부잣집에 속한다. 동네에서 잘난 척하는 T의 집은 배도 있고 동네에서 작은 과자가게도 한다. 나보다 나이도 한 살 작은데 부잣집 딸이라 그런지 존댓말을 모르고 있는 거 같다. T가 존대하는 사람과 그렇지 않은 사람을 보면 기준이 뭔지 알 것 같았다. T는 나를 존대하지 않는 쪽으로 분류했다. 속이 부글부글 끓는 양은냄비 같다.

하루는 남동생의 젖병에 분유를 탔다. 아기 분유는 검지를 분유통에 꾹- 찍어서 혀에 대보면 팝콘 저리 가라 할 만큼 고소하다. 젖병으로 분유 먹은 기억이 나지 않아서 먹고 싶은 호기심이 발동했다. 엄마가 보면 야단맞을 수도 있으니 없을 때 몰래. 쪽쪽 빨아 댕

기니 몇 줄기로 분유가 입으로 흘러들어왔다. 기분이 묘하다. 마당으로 나오자 집 앞을 지나던 T와 눈이 딱 마주쳤다. '에이 하필이면.' 그냥 지나갈 리 없는 T가 말했다.

"니가 몇 살인데 젖병에 우유를 먹노?"

"아주 아기가 따로 없다."

"다른 아이들한테 다 말해줘야지."

"얼레리 꼴레리 얼레리 꼴레리."

대답할 틈도 주지 않고 나불나불. 여기까지만 했어야 했다.

"느그 엄마가 보면 뭐라고 할까?"

"그만해." 내가 소리쳤다.

"얼레리 꼴레리 얼레리 꼴레리."

"너 자꾸 그러면 후회하게 될 거야."

"얼레리 꼴레리 얼레리 꼴레리."

손에 쥔 젖병의 뚜껑을 열어 T의 얼굴에 끼얹어 버렸다. T의 입이 잠깐 닫혔다. 이내 큰소리로 울며 외쳤다.

"우리 엄마한테 다 말할 거야."

골목 끝으로 사라지는 T의 등을 보니 두려움이 몰려든다. 나는 엄마한테 일러봐야 나만 더 혼날 텐데. 울 엄마는 내 편 들어준 적 없는데. 얼른 방으로 들어가 몸을 숨겼다.

"꿈아야~. 꿈아야~."

올 것이 왔다. T의 엄마 목소리. 집에 없는 척 가만히 있어 볼까? 그래봐야 시간만 끄는 거겠지 싶어 슬그머니 나왔다.

"너! 어디서 버릇없게 그런 행동을 했니?"

"······."

"애가 잘못하면 뭘 얼마나 잘못했다고!"

"······."

"아니 너희 엄마는 도대체 자식 교육을 어떻게 시킨 거야?"

엄마를 입에 올린 순간 혹- 가슴속에서 뭔가가 튀어나왔다.

"자식 교육이요? 자기 딸 자식 교육이나 잘 시키고 남의 자식 교육 이야기하세요. 누가 버릇이 없는데 누구더러 버릇이 없데요? 자기 딸이 어떻게 하고 다니는지도 모르면서."

나도 모르게 마음속에 응어리졌던 T를 향한 마음이 T의 엄마에게로 향했다. 내 말이 끝나자 T의 엄마의 얼굴은 잘 익은 사과 빛깔로 물들었다. T의 엄마는 아무런 말 없이 잠깐 서 있다가 그냥 돌아갔다. 바람을 넣어야만 움직일 수 있는 바람풍선 인형처럼 풀썩 고꾸라졌다. 야단치지 않고 왜 그냥 갔을까. 분명 엄마의 귀로 들어갈 텐데. 난 오늘도 매 맞아야겠구나 생각했다. 저녁에 집으로 돌아온 엄마는 매를 들지 않았다. 다만 어른에게 버릇없게 행동하는 건 안 된다고 했다. "네."라는 나의 대답과 함께 일은 마무리되었다.

간혹 '독하다'라는 말을 듣는다. 처음이 어디였을까? 생각하다 초등학교 저학년 시절이 떠올랐다. 삶 속에서 특별히 배우지 않아도 그저 알게 되는 것들이 있다. 사람은 돈이 있어야 한다. 티끌 모아 태산이라고 했다. 돈도 모아야 한다. 수협에 가서 통장을 만들었다. 창구에 있는 언니가 기특하다며 칭찬도 해준다. 동네 어른들께 인사를 잘해서 받은 용돈. 엄마 가게 이모들이 준 용돈. 걸어서 수협까지 10분 정도 걸린다. 통장에 한 줄씩 늘어나는 게 재미있다. 10원짜리, 50원짜리를 들고 수협으로 갔다. 돈을 더 벌고 싶었다. 엄마가 까시리를 뜯어보라고 했다. 바닷가 바위에 사는 까시리는 된장에 무만 넣고 끓여도 시원하고 김치찌개에 넣어도 칼칼한 맛을 낸다. 엄마 가게 근처 이모들이 좋아했다. 까시리의 길이가 짧아서 수작업으로만 채취가 가능하다. 어른들은 칼을 쓰거나 숟가락으로 바위를 긁어서 채취했다. 이렇게 채취한 까시리는 낱낱이 흩어지거나 바위의 불순물이 많았다. 내가 손으로 뜯는 까시리는 손댈 것이 없어 인기가 많았다. 파도가 치는 날은 까시리를 채취할 수 없어 야속했다. 이렇게 모은 돈이 만 원을 향하고 있었다.

언니가 만 원을 빌려 달라고 했다. 없다고 했더니 오천 원만 빌려 달라고 한다. 썩 내키지 않지만 꼭 갚을 것을 약속받고 빌려줬다. 갚기로 약속한 날이 되었는데 언니는 돈을 갚지 않았다. 몇 번을 이야기했는데도 대답만 넙죽 할 뿐이다. 이대로는 안 되겠다 싶은 생각이 들어서 머리를 굴렸다. 하루에 조금씩 갚으라고 했더니 "더럽다. 더러워. 아주 더러워서 갚는다."며 언니는 화를 낸다. 하루에 50원씩. 장부가 필요한데 어떻게 할까를 고민하던 내게 창호지 문틀이 눈에 보였다. 날짜를 적고 금액을 적으며 그 돈을 다 받았다. 내게 돈을 다 갚은 날 언니가 내게 말했다.

"아주 독하다 독해. 이런 방법으로 돈을 다 받아 가네."

빌리면 갚아야 하는 것이 당연한데 뭐가 독한 거지?

언니는 유쾌하고 호기심이 많은 스타일이다. 앙장구를 집에서 까려면 준비해야 할 것이 있다. 필수 불가결 요소가 바로 갱물이다. 두레박과 양동이를 들고 집 앞 바다로 나갔다. 양동이를 채워 집으로 돌아와 다라이 3개를 채우고 양동이도 채워놓으면 된다. 바위를 밟고 왔다 갔다 하다가 언니의 신발이 바다에 빠졌다.

"어떡하지? 어떡하지?"

언니는 발을 동동 굴렀다. 엄마한테 혼나겠다는 생각이 가득 찰 때 언니가 "나 잠수 잘해." 하며 갑자기 바다 속으로 풍덩 뛰어들었다. 수영도 못하는 언니가 잠수하는 걸 믿고 바다 속으로 뛰어들었다. 말릴 겨를도 없었다. 바다 속에 뛰어든 언니가 사라졌다.

"어~?"

주위에 놀고 있던 아이들이 바위 옆으로 몰려들었다. 언니의 머리가 살짝 수면 위로 올라왔다 다시 내려간다. 속으로 생각했다. '이 상황에 장난치나?' 바다가 무서운 이유 중 하나는 갑자기 깊어지는 구간이다. 자주 갱물을 길어 나르던 곳에 그런 구간이 있다고는 예상하지 못했다. 다시 올라온 언니 얼굴을 보니 장난이 아니라는 걸 알 수 있었다. 모두 아이뿐이었다. 이제는 내가 발을 동동 굴렀다. 엄마도 없는데. 나는 어떻게 못하는데. 그때 아저씨 한 분이 걸어오는 게 보였다. 고래고래 소리를 질렀다. 아저씨는 주저하지 않고 바다 속으로 뛰어들었다. 언니는 그렇게 물에 빠진 생쥐 꼴을 하고 나와서 하는 소리가 "나 진짜 잠수는 잘하는데."였다. 아무래도 자신의 처지가 이해할 수 없다는 표정이었다. 죽을 뻔했는데 바보같이 그것도 모르고.

드디어 엄마가 주문한 리어카가 왔다. 리어카는 손잡이 부분 안으로 들어기 끌고 다니는 것이 일반적이다. 하지만 우리는 거꾸로 밀고 다녔다. 너무나 갖고 싶었던 리어카다. 우리의 마음을 훔쳐버렸다. 언니는 리어카 면허증이 있다면 자기는 무조건 합격이라고 큰소리쳤다.

"리어카 운전은 내가 할게."

이런 자신감은 어디서 뿜어져 나오는 걸까. 큰소리치며 운전을 시작한 언니. 냅다 달리기도 하고 요리조리 장난을 쳤다. 뒤따르던 내가 언니를 찾아도 보이지 않았다. 이상하다 생각이 들 때 내 눈의 레이더망에 딱 걸린 언니. 600만 달러의 사나이처럼 전속력으로 뛰었다. 리어카의 바퀴 하나는 바다 위 허공에 있고 한쪽을 잡고 어떻게든 빠지지 않으려고 반대쪽으로 누웠다 싶은 언니 모습이다. 얼른 잡아당기고는 "면허증이고 나발이고 리어카에 손도 대지 마라." 하고는 끌고 갔다. 그런 내 뒤통수에 대고 하는 언니의 말은 "왜 이래 ~? 나 리어카 면허증도 있는 사람이야~!"

아휴, 어련하실까.

남동생. 어릴 때부터 주로 아빠를 따라다녔다. 중풍인 아빠는 운동을 해야 한다고 했다. 아빠는 하루 다섯 번도 넘게 운동을 다녔다. 연화리를 넘어 동암까지 먼 거리를 다녀왔다. 내 동생이지만, 5살 남자아이가 하얀 고무신을 신으니 귀여웠다. 하루는 아빠를 따라가던 동생이 아빠의 걸음걸이 흉내 내며 걸었다. 궁금했던 모양이다. "똑바로 걸어라." 하고 큰소리로 말했는데 듣지 못한 걸까. 동생을 알아본 동네사람들이 웃었다. 바보 같은 녀석. 왜 저런 걸 따라

하고 난리야. 입에서 입으로 전달되는 말은 정말 빠르다. 엄마의 귀에도 들어갔지만 엄마는 웃었다.

왜 다들 웃는 거야. 나는 정말 짜증난다고. 아빠를 놀리는 것만 같은 기분이 든단 말이야. 사람들은 남의 이야기를 왜 쉽게 하는 걸까. 내게 달린 눈으로 나를 보는 것보다 타인을 보는 것이 쉬워서인가?

04
삶의 무게가 너무 무거웠다

빨래터에서 가까운 초록 대문 집에 살다가 근처로 이사를 갔다. 이사를 하고 한참 후 엄마가 아빠를 초록 대문 집으로 보냈다. 집주인 아줌마가 보증금을 주지 않는다고 숙모에게 하소연하는 걸 들었다. 다음날 엄마가 나를 불렀다. 초록 대문 집으로 가서 "엄마가 돈 받아 오래요."하라는 거다.

내 나이 고작 10살이다. 돈 심부름을 시키다니. 돈을 받아 가는 중간에 누가 뺏어가면 어떻게 하지? 하는 걱정을 싹- 잘라버리는 말.

"돈 못 받으면 집에 못 들어올 줄 알아!"

한숨이 절로 나왔다. 꾸역꾸역 발걸음을 옮겨 초록 대문집 앞에 왔다.

"아줌마~. 아줌마~."

한참을 불러도 대답이 없다. 좀 더 큰 소리로 불렀다.

"아줌마~! 아줌마~!"

아무도 없나 싶어 돌아서려는 찰나 문이 열렸다.

"누고?" 하며 문을 연 아줌마는 내 얼굴을 확인하고 머리를 약간 갸우뚱했다.

"엄마가 돈 받아 오래요."

"뭐?"

"엄마가- 돈- 받아- 오래요."

누군지 짐작이 가는 모양이다.

"애를 보내고 난리고. 가라, 엄마하고 이야기할게."

"안 돼요. 돈 주세요. 엄마가 돈 받아 오래요."

"야가 와이라노? 일단 가그라." 하며 문을 닫았다.

눈물이 났다. 돈을 받아야 하는데. 돈 못 받으면 집에 못 가는데. 대문 앞에서 소리 내어 울기 시작했다. 아줌마가 다시 나왔다. 자꾸만 가라는 아줌마를 향해 "돈 받기 전에는 집에 못 가요." 했더니 "도대체 애한테 뭐라고 했길래?" 하며 나를 어르고 달래기 시작한다.

"지금은 돈이 없어서 네가 여기서 계속 있어도 줄 수 없다. 엄마하고 이야기하고 꼭 줄 테니 걱정하지 말고 가그라."

"진짜요?"

"그래."

"꼭 주셔야 돼요?"

"알았다."

"안녕히 계세요."

인사를 마치고는 집으로 향했다.

아줌마가 말을 한다고 했지만 믿음직스럽지 않았다. 임무완수를 하지 못해 집으로 돌아가는 내내 걱정했다. 엄마에게 미주알고주알 이야기했더니 "알았다."고 했다. 정말 집에 못 들어 갈까봐 걱정했는데. 엄마 미워. 내가 그 집을 두어 번 더 찾아갔다. 집에 사람이 있는 거 같았는데 아무도 나오지 않았다. 아빠가 수십 번을 더 찾아가고서 돈을 받았다고 했다. '돈 있는 사람들은 나쁜 사람들이야.'라는 생각이 들었다.

　속마음을 들키고 싶지 않던 날들이 있다. 중학교에 입학하고 일주일 단위로 용돈을 받았다. 말이 용돈이지 차비를 제외하면 200원에서 300원 정도가 남았다. 집 형편에 뭘 사달라고 말할 수도 없었다. 아침에는 버스를 타고 학교를 마치면 곧잘 걸어서 집으로 왔다. 학교 마치고 친구들이 떡볶이 집을 지나치지 못하고 들어갈 때, 나는 돈이 없어서 "먹고 싶지 않다."고 말했다. 내가 돈이 없어서 먹지 못한다고 말하는 게 창피했다. 그리고 자존심이 상했다. 실제로 먹고 싶지 않은 날도 있었다.
　학교에는 우유 당번과 뜨거운 물 당번이 있었다. 내가 뜨거운 물 당번이던 날, 학년이 높은 학교 오빠가 주전자를 내 다리에 대서 화상을 입었다. 너무 쓰라렸다. 양호실에 가서 치료를 받았다. 담임 선생님께서 엄마한테 오늘 이야기를 잘 좀 해달라고 했다. 뭘 잘 해달라고 하는지 모르겠다. 집에 가서 엄마에게 이야기했는데 별 반응이 없다. 다음날 학교에 가니 선생님은 엄마가 따로 하신 말씀은 없는지 물었다.
　"없어요." 했더니 안심하는 눈초리였다.
　화상을 입으면 흔적이 남는다. 내가 두 남자아이의 엄마가 되어보니 흉이 남는 건 속이 상한다. 시간을 되돌리고 싶어진다. 여자아이 다리가 뜨거운 주전자에 대서 흉이 남을지도 모르는데 엄마는 눈길만 한번 쓱 주고는 끝이었다. 큰 기대를 한 건 아니다. 엄마 입에서 나오는 "괜찮니?" 또는 "아프지?"라는 따뜻한 말 한마디가 듣고 싶었다.

나뭇잎에 빨간 물이 드는 가을이다. 드디어 사무실 회식날이 되었다. 아침 출근길에 엄마에게 회식이라고 말했다. 엄마의 반응이 없어 확인도 시킬 겸 회식 전 전화를 걸었다.

"엄마 오늘 회식이라서 좀 늦을 거예요."

"통금 몇 시고? 10시 안에 온나."

애교 섞인 목소리로 말했다.

"엄~마 회식인데 오늘은 좀 늦게 갈게요."

에누리 없는 엄마는 이렇게 통보했다.

"통금 지키라고 했다."

"엄마, 10시까지 갈라믄 9시에 나와도 늦는데…. 지금이 7시인데요."

"10시 되면 문 잠글 거니까 알아서 해라."

뚜뚜뚜뚜-

허공을 쳐다볼 수밖에. 어쩜 저렇게 변하지도 않고 엄마는 자기할 말만 하고 끊어버리는지. 괜한 오기 발동이다. 한 달에 한 번도 아니고 어쩌다 한 번. 일하며 느끼는 어려움도 이야기하고 마음 맞는 직원과 수다도 떨며 스트레스를 풀고 싶다. 회사의 연장선이라는 회식도 봐주는 일 없이, 칼같이 귀가 시간을 맞추라는 엄마였다. 다른 이유는 없었다. 여자가 어디. 직장생활은 좀 편하게 해주면 어디가 덧나나? 엄마에게 시위하듯 12시가 되어 귀가했다. 역시나 문은 굳게 잠겨 있었다. 내 방으로 올라가는 맞은편 계단에 털썩 주저앉았다. 다른 날 같으면 문을 열어줄 때까지 전화해서 조금 늦었으니

문을 열어달라며 애교를 부리던 나다. 인기척은 있는데 조용하니 엄마가 문을 열고 나왔다. 눈빛으로 처단하기라도 할 듯 단호한 표정으로 들어오라고 했다.

"지금이 몇 신데 여자가 이 시간까지 술을 마시고 돌아다니노?"

"동네사람들 보기 창피하다. 니는 부끄럽지도 않나?"

"도대체 뭐가 될라고 그라노?"

듣고 있으니 무언가 큰 잘못을 한 거 같다. 회식으로 귀가 시간을 2시간 넘긴 것뿐인데.

"엄마 회식이잖아요." 했더니 이런 대답이 돌아왔다.

"그런 회사 당장 때려치워!"

말문이 막혔다. 아니 엄마랑은 대화가 불가능하다.

"예. 당장 때려치울게요."라고 대답하고 내 방으로 건너왔다. 두 뺨으로 눈물이 흘러냈다. 울고 싶지 않아서 고개를 흔들었다. 한두 번도 아니고. 도대체 내가 뭘 그렇게 잘못했지? 엄마에겐 늘 안절부절 설명하고 부정당하는 걸까. 그런 회사는 또 뭐야? 지지리 복도 없다. 사람이 뭔가에 꽂히면 다른 건 안 보인다는 표현이 적절한 시기가 바로 지금이다. 아빠는 왜 아파서는. 엄마의 막무가내는 다 아빠 때문이야. 아빠의 다정함을 모르는 내게 엄마의 다정함은 고사하고 이게 뭐람.

엄마의 눈빛은 "너는 이 세상에 필요 없는 사람이야!"라고 소리치는 것처럼 보였다. 아무것도 없는 황량한 황무지 허허벌판에 우두커니 혼자 서 있는 내가 보였다. 터져 나오는 울음을 참자 가슴이 아렸다. 숨이 막힌다. 삶이 이토록 지긋지긋할 줄이야. '이렇게 살 바에야'가 내 목을 감고 숨을 더 조였다. 그만 살고 싶다. 보기 싫고 미우면 사라져 줄게. 커터 칼이 눈에 띄었다. 왼쪽 손목을 한참 노려보았다. 어디쯤이 가장 좋을까. 오른손이 지나간 왼쪽 손목은 벌어지고 빠알간 뜨거움이 흘러나왔다. 웃음이 났다. 눈물도 났다. 손목 밑에 수건을 받쳐 두고 벌러덩 누웠다. 눈을 감았다.

'이대로 눈뜨지 않기를.'

삶과 죽음이 공존했던 그 순간. 꺼이꺼이 울다가 웃던 날. 20대 초반의 가을이 저물었다.

05
그건 씨앗이었네

시간이 약이라는 말이 있다. 정말 짜증나도록 싫은 문장이다. 그 무엇이든 시간이 흐르면 잊혀진다는 말이 싫었다. 내가 누군가에게 잊혀질지도 모른다. 내 아픔이 아무렇지 않게 될지도 모른다는 반감이 아니었을까 한다. 어쩌면 내 모습의 8할은 오기가 만든 게 아닐까 하는 생각이 들 정도다.

사람은 자신의 이야기가 아니면 쉽게 이야기하길 좋아한다. 숙모 집 큰오빠는 공인중개사 자격증을 공부하는 내게 시험만 치면 다 주는 자격증이라며 맥을 풀어 놓았다. 이렇게 말하는 큰오빠에게 당하는 게 싫어서 "시험만 치면 주는 건데 시험 한번 쳐요." 했더니 "거저 줘도 필요 없다." 거라며 손사래를 친다. 아, 정말 사람이 얼마나 비뚤어지면 저러나 싶다. 정신이 들면 '저렇게 나이 들지 말아야지.' 하는 생각이 따라온다. 한 번은 사무실에서 업무를 보고 있는데 큰오빠로부터 전화가 왔다. 채권압류 및 추심에 관한 걸 물었다. 자신의 일이면 자신의 일이라고 딱 밝히고 편하게 물어보면 되는데 다른 사람 이야기라며 이리 돌리고 저리 돌리며 이야기한다. 앞뒤가 맞질 않았지만 성심성의껏 설명해줬다. 그런데 돌아오는 말이 "아무것도 모르는 너한테 물어본 내가 잘못이다. 니가 뭘 알겠냐?"며 전

화를 끊었다. 봉변도 이런 봉변이 없다. 원하는 대답을 해주지 않았
나 보다.

사무실에 찾아온 의뢰인들 중에도 이런 사람들이 꽤 있다. 원하
는 대답을 듣지 못하면 고래고래 고함을 지르거나 엉터리 같은 사
무실이라며 문을 쾅 닫고 나가는 사람. 사무실 식구들 얼을 모두 빼
놓는 사람. 사건수임을 하지 않는 것이 옳은 사람들이다. 물에 빠진
사람 건져놓으면 보따리 내놓으라고 하는 사람들과 일맥상통하기
때문이다.

어느 날, 언니가 나와 남동생을 데리고 어디론가 향했다. 언니는
삼성정관이 직장이다. 이런저런 행사가 많은데, 이번 행사가 너희들
에게 도움이 될 거 같다고 말했다. 아무것도 모르는 동생과 나는 쫄
래쫄래 언니를 따랐다. 보육원이었는지 고아원이었는지 정확하게 기
억나지 않는다. 그곳의 아이들과 함께 뛰어놀기도 하고 잠깐씩 생기
는 시간에 이야기를 나누기도 했다. 내가 중3 때가 아니었을까 생각
된다. 한 남자아이가 말했다.

"나는 집이 어딘 줄도 알아요. 찾아갈 수도 있어요."

"어? 집을 안다고?"

"네."

"그런데 왜 여기 있어?"

"부모님이 내가 집에 오는 걸 싫어해요"

더 이상 말을 이어갈 수가 없다. 어린 내가 상상하던 것과는 너무
나 달랐다. 내가 확인하지 않았으니 그저 그 아이의 말일 수도 있

다. 그러나 가슴에서 쿵 하고 떨어지는 소리를 들은 나는 가슴을 어루만져야 했다. 장애가 있어서 감당하기 힘든 부모, 아이를 키우고 싶지만 경제적으로 어려운 부모가 아이를 맡긴다고 생각했다. 내가 아이라서 그럴까? 맡긴 부모보다 집이 어디인 줄 알고도 찾아갈 수 없는 그 아이의 마음이 얼마나 아플까를 생각했다. 어떤 말도 위로가 될 수 없을 거 같았다. 내가 감당할 수 있는 아픔이 아니라서 그 아이와 슬그머니 거리를 두었다. 할 수 있는 말이 없었다. 이제와 생각해보면, 내가 참고 살아온 것에 이 일이 많은 영향을 준 것이 아닌가 한다. 너무 버거워 죽을 것 같지만, 나는 돌아갈 집이 있었다. 밥은 아빠가 하고 반찬은 내가 하고. 드문드문 이벤트처럼 엄마가 반찬을 해줄 때는 머리가 하늘에 가 닿을 듯 폴짝거렸다. 내가 엄마의 말을 거절하지 않고 다 들어야한다고 생각하게 된 것 역시 이 일이 단단히 한몫했다 생각된다. 그래도 엄마는 나를 버리지 않았으니까. 언니는 이런 걸 의도했을까? 내 기질과 맞물려 깊게, 너무 깊게 들어갔다.

삶을 살아가면서 그때그때 그 일이 주는 메시지나 중요함을 알아차릴 수 있다면 얼마나 좋을까. 삶은 신비로워서 시간이 흐르지 않으면 판단이 어려운 거 같다. 불행처럼 시작된 일이 시간이 흐르며 행운이 되기도 하고, 행운처럼 보인 일이 불행으로 마무리되기도 하는 걸 보면.

내게 버겁고 힘들었던 일들이 시간이 지나서 꽃을 피울 수 있는 씨앗이 된다는 걸 알았다면, 그 순간이 덜 힘들었을까? 지금의 나는 어떤 씨앗을 만들고 있을까? 이래서 '시간'은 참 매력적이다. 지금의 내 모습은 살아온 내가 만들었다. 그래서 마음에 쏙 들지 않아도 어쩔 수가 없다. 다가올 내 모습은 만들어 갈 수 있다. 알고 있으면서도 쉽사리 마음먹은 대로 잘 되지 않는 걸 발견한다. 만들어진 씨앗 중에 꽃으로 피지 못한 건 또 얼마나 많을까. 피면 안 될 씨앗도 제법 있을 것이다. 피워야 할 씨앗, 피워서는 안 될 씨앗은 누가 결정할까?

지나온 삶은 현재의 나를 피워낸 씨앗이다. 엄마의 심부름을 하고 잔돈을 가져다주지 않았을 때, 거짓말하는 걸 눈치챈 엄마가 버릇을 고친다며 철물점으로 다시 나를 데려가 따지지 않았다면 1원이라도 내 돈이 아닌 것에 탐내지 않을 수 있게 되었을까? 그땐 부끄럽고 꼭 그랬어야 했나 싶었지만, 그런 사건으로 인해 선택한 행동과 결심이 나를 신뢰할 수 있고 믿을 수 있는 사람이 되도록 만들었다. 아빠가 중풍으로 인해 반신불수의 몸이 되었기에 도움이 필요한 사람에게 손쉽게 다가갈 수 있었다.

다른 것에 비해 돈에 관한 이야기는 단호하게 하는 편이다. 생활에 관하여 내 주제파악을 하려고 노력하며 산다. 일을 할 때는 똑부러진다는 말을 듣기도 하는데, 그래서 감정표현 또한 잘할 거라는 막연한 기대심리를 주기도 한다. 하지만 감정표현을 잘 하지 않는다. 작은 말 한마디에도, 사소한 것 하나에도 쉽게 상처를 받기 때문이다.

외근으로 부동산 사무실에 갔을 때 방금 커피를 마시고 나왔어도 커피를 권하면 거절하지 못하고 또 마신다. 손님이 늦어져 미안하다며 부동산 소장님이 다시 권한 커피까지 마시고 밤이 오면 용암처럼 끓어오르는 속을 달래지 못해 부둥켜 잡고 괴로워하기도 한다. 고통을 느끼면서도 '괜찮습니다.'라는 말을 하지 못했다. 거절하면 거절당한 사람도 나처럼 상처받을까 마음이 쓰여서. 살을 맞대고 사는 서방님도 이런 나를 이해하지 못한다.

나 같은 경험이 있는 사람들은 거절의 두려움에 대하여 'ㄱ'자만 말해도 이해할 수 있다고 믿는다.

아빠가 많이 아파서 죽을까봐 무서웠다. 조금 나았을 땐 아빠의 고집 때문에 힘들었다. 나는 아빠가 버거웠다. '엄마도 같은 생각이겠지.' 했다. 아빠도 버거운데 자식 중에 예쁠 것 없어 보이는 내가 버림받을까봐 두려웠다(어렸을 때부터 친척들이 자주 놀렸으니 책임감을 좀 느껴주면 덜 배 아프겠다). 아주 큰 불안과 두려움일 수밖에 없었다. 그러니 엄마에게 잘 보여야 했고, 인정받고 싶었다.

엄마는 남들이 칭찬하는 것에도 뭘 그런 걸 가지고 자랑스러워하냐며 인색하게 굴었다. 남들이 칭찬할 때 우쭐해서 올라오던 어깨가 엄마의 반응에 주저앉은 것이 여러 번인데, 우리 아이들에게 그러고 있는 나를 보면 정말 징글징글하다. 말없이 투덜거리는 내게, "너도 한번 살아 보거라. 삶이 너의 뜻대로 되는지." 하는 엄마의 울림이 들리는 것 같다.

그러게요, 삶이 어디 쓰레기 분리수거 하듯이 딱딱 떨어지는 건
가요.

제2장

악착같이 살았던 성장기

01
컴퓨터를 배우다

동생을 컴퓨터 학원에 등록시키고 오라는 엄마의 지령을 받았다. 컴퓨터 학원은 기장 성당 근처 건물의 2층이었다. 원장님의 권유로 교실을 둘러보았다. 컴퓨터 본체 위에 자리 잡은 모니터와 쌍을 이룬 컴퓨터가 한눈에 셀 수 없을 만큼 책상 위에 나열된 것을 보았다. 영화 속에서 나올법한 미래의 풍경처럼 신비로운 느낌이 들었다. 컴퓨터를 만져보고 사용해보고 싶은 마음이 노란 국화처럼 무더기로 피어올랐다.

엄마는 동생이 돈 귀한 걸 몰라서 신문배달을 시킬 거라고 했다. 실상은 외삼촌이 엄마에게 그러라고 했단다. 엄마의 고민을 아는 외삼촌이 꾀를 낸 것이다. 대변과 연화리 지역을 도는데 10만 원이라고 했다. 컴퓨터 학원 비용이 5만 원이다. 동생이 돌릴 신문의 절반을 달라고 불에 구워지는 오징어마냥 몸을 베베 꼬아가며 동그란 두 눈을 깜빡깜빡 거리며 졸랐다. 절반만 돌려도 돈 귀한 건 알 수 있을 거라며 대변 지역을 내가 돌리는 것에 대한 허락을 받았다. 신문사에 이야기하니 신문을 돌릴 때 사용할 노란 자전거 2대를 받을 수 있었다. 신문을 담기에 바구니도 크고 뒷자리도 신문을 묶을 수 있도록 넓었다. 돈도 벌 수 있는데 자전거까지 생기다니. 머리칼이 코끝을 간지럽히듯 마음이 간질간질했다.

마음을 간지럽히던 기대와 다르게 신문 돌리기는 쉽지 않았다. 스포츠 신문, 경향신문, 조선일보 등이 있었다. 신문을 넣어야 할 집을 기억하는 것도 어려운데 집집마다 어떤 신문이 들어가는지 분류해서 기억해야 했다. 오르막 첫 번째 파란 대문 집과 나를 잡아먹을 듯 짖는 개가 있는 집의 옆집. 이렇게 두 집 정도가 고작인 스포츠 신문은 안 보면 좋을 것 같다. 광고지가 들어가는 날은 접혀 있는 신문 사이로 광고지를 한 장씩 넣어야 한다. 비가 오는 날이면 신문이 비에 젖지 않도록 비닐봉지에 넣어서 배달해야 한다. 시간이 좀 걸리는 작업이라 엄마도 거들었다. 신문을 비닐봉지에 넣을 때는 속도를 내기 위해 발까지 사용했다. 가로로 두 번 접은 신문을 두 발바닥으로 고정한 후 비닐봉지에 넣으면 속도가 빨랐다. 물이 들어가지 않게 매듭을 묶는 건 한꺼번에 다했다. 방바닥에 널려진 신문들을 보면 공장 같다는 생각이 들기도 했다.

한 달이 지나고 돈을 받았다. 컴퓨터 학원을 등록했다. 어두컴컴한 길을 걸으며 신문을 돌릴 때는 무섭기도 하고 그만하고 싶기도 했다. 하지만 막상 학원 등록을 하니 더 열심히 해야 되겠다고 생각했다.

도스, 워드, 베이직 등 재미난 배움이 시작되었다. 컴퓨터를 잘하면 고속도로처럼 쫙- 펼쳐진 삶을 살 수 있을 거라는 기대, 커서 직장을 다닐 때 돈을 많이 받을 수 있을 거라는 기대를 키웠다.

원장 선생님은 하얀 피부에 선한 눈매를 가졌다. 웃을 때 눈가에 지는 주름과 드러나는 하얀 이도 매력적이다. 원장님은 승부욕을 일깨우는 방식도 사용했다. 수업에 참여하는 학생에게 질문을 던지고 대답하지 못하면 학년을 이야기하며 공부하라고 은근한 압력을 행사했다.

하루는 초등학교 3학년이 정보처리기능사 문제를 척척 풀어내는데 입이 절로 쩍쩍 벌어졌다. 문제를 이해도 못해서 몸까지 점점 굳어가는 순간이 왔다. 원장님이 나를 딱 지적해서 초등학생도 푸는데 너는 한 문제라도 풀어야 하는 게 아니냐고 말했다. 순간 얼굴이 확 달아올랐다. 이마에 무거운 추가 달린 듯 고개가 떨어졌다. 할 수 있다는 것을 보여주고 싶었다. 밤을 새워 공부하다 잠들었다. 다음날 학원 수업 때 질문의 답이 팝콘처럼 타다닥 튀어나왔다. 어깨에 힘이 들어가고 입 꼬리 올라가는 걸 멈추느라 진땀을 뺐다. 수업이 끝나고 나가는 문 앞에서 원장님이 "너 밤새워 공부했구나?" 했다. 온몸이 얼어붙었다. 공부한 건 들키고 싶지 않았는데. 처음부터 마치 잘했던 것처럼. 그런데 들켜버렸다. 에잇.

워드프로세서 3급 자격시험부터 시작했다. 3급이라고 우습게 볼 것이 아닌 것이, 표 만들기 기능이 생기기 전이었다. 선 그리기로 표를 만들었다. 글자 수와 여백까지 세어서 만들어야 했던 것으로 기억한다. 그런데 난 또 이런 게 재미있다. 가만히 돌아보면 똑 떨어지는 걸 좋아한다. 어릴 때부터 인정을 제대로 받지 못하고 자라서인지, 아니면 기질 탓인지 알 수 없다. 가만 보면 그렇다.

이 시절에는 컴퓨터를 잘하는 사람이 정말 멋져 보였다. 시간이 지나서야 알았지만, 훈남도 미남처럼 느껴지는 신기한 일이 일어났다. 하하하. 원장님은 지금 생각해도 너무 잘생기셨다(아주 개인적이고 신기한 일에 포함된다고 생각한다). 무엇이던 배움을 할 때 마음이 동하면 가르쳐주시는 분들을 그렇게 높은 곳에 두고 보게 된다. 마음이 동했던 공부는 힘들었지만, 결국 자격증까지 손에 넣었다. 꼭 하고 싶었던 것이었다는 반증이 아닐까 생각한다. 많은 세월이 지난 현재도 교실 가득 채우고 있던 컴퓨터들의 고운 자태가 잊히지 않는다. 미래의 세상. 분명 미래는 이럴 것이라고 단정해버린 순간이었다.

내가 대학 진학을 해야겠다고 마음을 먹게 된 건 순전히 자격증 시험 요건 때문이었다. 정보처리기능사 2급을 취득한 후, 그보다 높은 자격증을 취득하고 싶었다. 자격요건이 동종업계에서 3년 또는 5년 정도를 근무해야 하는데, 관련 학과가 있는 전문 대학을 나오는 것이 가장 빠른 방법이라 생각했다.

"실력만 있으면 되지 뭔 대학 같은 소리래?"

집안 형편상 대학을 갈 수 없다고 생각한 입에서 후두둑 쏟아진 말. 당시 상업고등학교를 다니고 있었는데, 전문대학 가려면 어떻게 해야 하는 걸까? 아마도 내 인생을 처음 설계한 순간이 아닐까 한다.

컴퓨터를 배우며 가장 좋았던 것 중 하나는 자격증 시험일이다. 늘 집안일을 도와야 했던 처지의 내가, 달콤한 거짓말로 시험을 치른 후 놀다가 집에 들어갔다. 공식적으로는 자격증 시험일이다. 비공식적으로는 놀 수 있는 날. 시험 치고 노는 걸 들키지 않기 위해 자격증을 취득했을지도 모를 일이다. 엄마 혼자 일을 할 것을 생각하면 마음이 쓰였지만, 그래도 친구들과 놀고 싶었다. 필기시험과

실기시험, 두 번을 치러야 자격증을 취득할 수 있는 게 행복했다. 엄마는 어떤 시험을 친다고 말해도 관심이 없고 기억을 하지 못했다 (모르는 척 했을 수도 있고, 삶이 그런 여유를 주지 않았을지도 모르겠다). 자격증도 취득하고 놀 수도 있으니 그야말로 천국이 따로 없었다.

아! 엄마가 별다른 말을 하지 않은 건 엄마에게 늘 해준 말. '자격증이 많으면 취업이 잘 된다.'고 했던 그 말 때문일지도 모르겠다. 거짓말은 아니다. 컴퓨터뿐만 아니라 상고를 다닌 나는 부기, 한글 타자, 펜글씨 자격증까지 있었기에 이력서 자격사항을 가득 매웠다. 서류전형에서는 대부분 합격했다. "잘 하겠구나."라는 기대보다는 "열심히 하겠구나."라는 기대로 합격시키지 않았을까 싶다. 시험이 이토록 즐거웠다. 시험이 숨 막힌다 느끼는 지금은… 상황이 변해서라고밖에 말 못하겠다.

이렇게 컴퓨터 욕심으로 전문대학 사무자동화과에 입학했다. 처음에는 '이게 뭐야? 전문대학 안 나오면 자격시험 요건도 안 되던데, 대학 아무것도 아니네?' 하는 생각이 들었다. 상업고등학교지만 고등학교 때까지는 선생님 또는 부모님, 아니 주변인들까지도 뭐라고 입을 열며 이래라저래라한다. 그런데 이거야 원. 아무도 신경 쓰지 않는 학교 공부가 대학 공부였다. 갑자기 알아서 공부하려니 참 죽을 맛이었다. 그리고 교수님들 또한 상당히 주관적이신 분들이 많았다. 그때도 그렇고 지금도 그렇고 학교에서 배움을 하는 것 자체가 어려운 일인가? 왜 학교 선생님들은 학원에서 알려주는 것처럼 귀에 쏙쏙 들어오게 알려주지 않는 걸까. 대학 수업 때 설명하시다 잘 모르겠다며 수업을 마치신 교수님도 계셨다. 지금 생각해보면 정말 어이없는 일인데, 그땐 또 수업을 안 하니 좋아했던 걸로 기억한다.

내가 컴퓨터를 접하고 나서 그것에 매달리게 된 건, 컴퓨터를 하지 못하면 뒤처질 것 같다는 생각 때문이다. 컴퓨터가 꽉 찬 학원 교실은 그야말로 내가 생각한 미래의 모습이었다. 회사에서 "완벽하게 너야!"는 못되어도 "너라면, 뽑지 않을 이유가 없어." 정도는 되어야겠다고 생각했다. 둘이 남으면 그중에서 "너."라고 선택할 만큼. 어쩌면 나의 성실성을 자격증으로 채우려 한 것 같다. 그땐 이유도 모르고 한 행동이니, 떠올리면 안타깝기도 하고 이해가 되지 않아 고개를 젓기도 한다. 돈은 무조건 벌어야 하는 거였으니까.

컴퓨터를 배우며 지금까지 긴 우정을 이어온 친구 쑥이도 만날 수 있었다. 다른 고등학교를 다녔지만 컴퓨터 학원에서 만나 편지를 주고받고 대학도 같은 곳을 다녔다. 물론 과는 다르다. 같은 과를 다니고 싶었지만 도저히 좁혀지지 않았다. 프로그램을 짤 때 풀리지 않으면 뒤로 갔다가 다시 돌아오는 방법이 있음에도 처음부터 차례대로 풀어야 넘어가는 성격이었다. "이번 생에 프로그래밍은 어렵겠어." 하며 고른 것이 사무자동화과였다. 반면 쑥이는 전산과를 갔다.

학과에 딱 맞춰 일을 하는 건 아니지만, 컴퓨터는 내겐 좀 남다른 의미가 있다.

02
아르바이트

주유원이 일하다가 휘발유차에 경유를 주유하거나 경유차에 휘발유를 주유했다는 뉴스를 접할 때가 있다. 그럴 때마다 주유소 아르바이트 하며 겪은 일들이 떠오른다.

대학에 들어가고 방학 때 기장에 있는 주유소에서 친구 쑥이랑 함께 주유원 아르바이트를 시작했다. 도로에서 주행 중인 트럭이 주유소 쪽으로 방향지시등을 킨다. 앞바퀴가 주유소 쪽으로 기울었다. 기다렸다는 듯이 트럭 앞으로 달려가서 뒷걸음질 치며 앞으로 나란히를 한 두 팔을 어깨로 당기는 손짓을 하여 차가 서야 할 곳으로 유도한다. 트럭이 정차하면 운전석으로 가서 묻는다.
"얼만큼 넣어드릴까요?"
다른 말없이 쫙 핀 손바닥으로 아래에서 턱밑 목선까지 쭉- 끌어 올린다.
"네~ 가득 넣어드리겠습니다!"
주유가 시작되고 다시 운전석으로 갔다.
"차에 쓰레기 버릴 것이 있으면 버려드리겠습니다."
"재떨이 비워 드릴까요?"

"앞 유리 좀 닦아드릴까요?"

관리자에게 배운 것을 실행해본다.

"앞 유리 좀 닦아줘."

"네~."

워셔액을 차 유리에 뿌렸다. 유리닦이로 물기를 닦는데 자꾸 줄이
졌다. 아저씨의 얼굴이 일그러지는 듯했다. 유리 닦는 걸레를 얼른
꺼내서 팔이 떨어져라 빠르게 문질러 닦는다. 닿지 않는 곳은 까치
발을 만든다. 입술 사이로 "휴~."소리가 절로 흘러나왔다. 깨끗해진
유리에 아저씨 얼굴이 환해졌다. 내 마음도 덩달아 웃는다.

하루는 두 대의 차가 동시에 들어와서 주유기 앞쪽 뒤쪽으로 차
가 섰다. 친구랑 사이좋게 나누어 주유를 시작했다. 운전자에게 말
했다.

"차에 쓰레기 버릴 것 있으면 버려드리겠습니다."

"없어요."

"워셔액을 보충해드릴까요?"

"괜찮아요."

"주유 중에 계산 먼저 해드리겠습니다."

카드를 받아 계산대로 뛰어갔다. 계산을 마치고 돌아갈 때 친구
가 계산대로 향했다. 주유가 완료되고 주유구 마개가 잘 닫혔는지
또르륵 다이얼 돌아가는 소리를 확인한 후 "주유 끝났습니다. 감사
합니다." 인사를 하자 승용차가 떠났다. 돌아서는데 뿌지지지-직 하
는 둔탁한 소리가 났다. "뭐지?" 주변을 두리번거리는데 바닥에 고정

된 주유기 본체의 한쪽이 뽑히고 있었다.

"어어어어---?"

정말 순식간에 벌어진 일이다. 친구가 주유하고 있던 차가 출발해 버린 거다. 얼마나 힘이 좋은지 땅에 박힌 볼트가 마술처럼 흔들리며 올라왔다. 차가 당기는 그 힘을 이기지 못한 주유총 부분과 노즐이 팽팽하게 당겨지다가 팽- 소리를 내며 끊어졌다. 우리가 지른 고함 소리에 관리자가 뛰쳐나왔다. 노즐에서 나오는 경유가 쑥이를 강제로 샤워시켰다.

"어떡하지?"

내 몸은 갈 곳을 잃고 방황하듯 이리저리 분주하게만 움직였다. 눈에 포착된 주유 본체의 중간 밸브를 내렸다. 쑥이의 강제 경유 샤워가 끝났다. 시궁창을 헤매다 나오면 저렇게 될까 싶은 정도로 시커먼 형상이 서 있었다.

"우짜노…."

걱정되어 입에서 나온 말이지만 단어 사이로 삐식삐식 웃음이 흘러나왔다. 다행히 "주유 중 결제하겠습니다."를 이야기한 친구는 안도의 한숨을 쉴 수 있었다. 경유 샤워를 한 친구는 목욕을 가서 살갗이 벗겨지도록 빡빡 문질러 씻었다고 했다. 그래도 한 달 동안 냄새가 빠지지 않는다며 잦은 푸념을 했다. 삶은 이처럼 내가 무언가를 잘못하지 않고도 덤탱이를 쓰는 일이 허다하다.

날씨로도 족한 더위에 차량에서 나오는 열기까지 받으며 일하는 주유소는 더운 날 일하기 적절하지 않다. 지쳐서 몸이 흐느적거리다가도, 마음을 받으면 미소와 힘이 생겨나는 걸 경험한다. 덤프트럭을 운전하시는 분들이 주유를 하러 오시면, "힘들제?"라는 말과 천 원짜리 지폐 한 장을 수줍게 꺼내며 시원한 음료수라도 사 마시라고 했다. 괜찮다며 손사래를 치며 사양했지만 "딸 생각나서."라고 했다.

마음이라 생각해서 큰 소리로 "감사히 잘 먹겠습니다!" 인사를 한다. 받는 것에 익숙하지 않아서 어색했지만 정말 감사했다. 더운 날 다른 사람도 아닌 내 용돈 벌려고 아르바이트 한다. 딸 생각이 난다며 받은 천 원 지폐 한 장에 내가 그 분의 사랑을 받는 딸이 되었다.

주유소에서 일하는 동안 작은 사건들을 수시로 일어났다. 트럭에 주유하고 뚜껑을 닫지 못했는데 차가 출발하여 100미터 달리기하듯 트럭을 잡으러 쫓아갔다. 아저씨는 사력을 다해 뛰는 나를 발견하지 못하고 멀어졌다. 시간이 지나 울그락불그락 한 얼굴을 하고 트럭 아저씨가 주유소에 다시 왔다. 기름 넣은 지 얼마 되지도 않았는데 계기판에 기름이 없어서 확인차 내렸다가 뚜껑이 없는 걸 보고 따지러 오셨다. 뚜껑을 닫지도 않았는데 출발해버린 트럭을 잡으려고 한참을 달렸다는 이야기를 하자 "다음에는 빨리, 그리고 잘 닫아도." 하고는 웃으며 가신다.

기장 동부리 한신아파트 상가에는 '●●모레'라는 빵집이 있다. 맛있다는 입소문을 타자 인근 지역에서까지 빵을 사러 일부러 오는 사람들까지 있을 정도로 발길을 모았다. 그날 만든 빵은 그날 다 소진했다. 몇 개가 남으면 다음 날 오전에 오시는 분들에게 "어제 만든 빵인데 한번 드셔보세요." 하며 드렸다. 출근을 하면 항상 빵을 만드는 제빵사 분들이 부지런하게 빵을 만들고 있는 모습을 보았다.

96년 여름. 침 튀는 걸 방지하는 마스크가 아직 대중화되기 전이었다. 사장님은 빵 포장을 할 때 말하지 않기를 당부했다. 위생장갑을 착용하는 건 기본이었다. 살아있는 생물 대하듯 빵을 귀하게 다뤘다. 참 유별나다고 생각했다. 시간이 지나 어른이 되자, 유별나다고 생각했던 그분들이 기본을 지킨 것이라는 걸 알게 되었다. 아무도 알아주지 않는 시간들이 모여 믿음과 신뢰가 형성된다는 걸 알게 된 일이기도 하다.

고등학교 2학년. 컴퓨터 학원에서 아르바이트를 시작했다. 아르바이트는 기장 버스정류장을 마주하고 있던 2층의 컴퓨터 학원에서 하게 되었다. 일반인도 있어서 할 수 있을까 생각도 했지만, 컴퓨터 학원 원장님이 충분히 할 수 있을 거라고 힘을 주었다. 겁도 없이 시작했다. 초등학생 아이들은 교과도 좀 봐주었다. 내가 가르친 과목은 주로 베이직이었는데 가끔 포트란도 가르쳤다. 컴퓨터 사용 자체를 못하는 분들은 컴퓨터를 켜는 거부터. 지금은 "고등학생이 강의를? 그게 가능하기나 한 일이야?" 생각하겠지만, 당시에는 별다른 규제가 없었기에 가능한 일이었다.

고등학생 신분을 일부러 숨기진 않았다. 다만, 교복을 입고 가르칠 수 없는 노릇이었다. 배움을 청하는 일반인들의 사기 문제가 달려 있었다. 어느 날 시간이 급해서 교복을 입고 수업을 했다. 수업을 듣던 한 남자분이 "학생이에요?" 하고 물었다. "네."라고 답했는데 남자분의 얼굴 표정이 미묘하게 일그러졌다. 그리고 다음 날부터 수업을 나오지 않으셨다. 꼭 나 때문에 배움을 멈춘 것 같은 마음에 죄송했다. 가르치는 건 성인이 된 다음에 해야겠다고 마음먹으며 아르바이트를 끝냈다.

03
나의 첫 직장

기장에서 통근 열차를 타고 범내골역에 내린다. 걸어서 10분이 채 되지 않는 곳에 사무실이 있다. IMF라 나라 분위기 자체가 어수선하다. 경리를 해도 기장이 아닌 시내에서 하겠다는 다짐에는 우물 안 개구리가 되지 않겠다는 속뜻이 담겨 있다. 주변을 형성하고 있는 것이 나이에 관계없이 사람에게 영향을 미친다는 것을 어렴풋하게 알고 있었다. 범내골이란 위치는 경리일을 하더라고 다른 일을 준비할 수 있는 학원들이 즐비한 서면과 가까워 매력적이었다.

대형 선박의 시스템을 팔고 수리하는 사무실이다. 사장님께서 현대 쪽에서 몸담고 일하셨는데, 배 수리 부분이 너무 열악하여 자신이 그 일을 하고자 나왔다고 말했다. 사무실은 사장님과 남자 대리님, 그리고 나 이렇게 3명으로 구성된 정말 작은 사무실이다. 욕심이 많은 나는 모든 걸 경험해보고 싶었다. 물론 사무실이 바쁘기도 했다. 그래서 괜찮다고 만류했음에도 불구하고 사장님과 대리님의 일을 돕기 시작했다. 메인보드에 먼지가 붙어서 오작동을 일으키는 것을 방지하는 에폭시 칠하기. 접촉 부분 테이핑 처리하기. 열심히 준비해서 납기가 다가오면 사장님과 대리님은 울산으로 외근을 가신다. 오예! 오늘은 3~4시간 나만의 시간이 주어진다. 물론 걸려오는 전화와 처리할 업무를 해야 하지만, 조용하게 혼자서 할 수 있다는 이점이 있다. 때론 문을 잠가놓고 노래 크게 틀고 따라 부르기도 했다. 하루는 치과 선생님이 화장실 다녀가시다 사무실 앞에서 나와 딱 마주친 적이 있는데….

"노래 잘하시던데요."

"네? 아!"

얼굴은 홍당무가 됐다. 독립 열사라도 되었는지 다시는 노래를 따라 부르지 않겠노라 다짐하고 가슴에 새겼다. 사무실에서 혼자가 되는 시간에 주로 편지를 썼다. 그리운 친구나 후배에게, 또는 라디오 사연을 보내기도 했다. 작은 일에도 행복을 느꼈다.

남자 대리님은 평상시에는 어른들이 말하는 '이 사람 양반일세'다. 양반 같은 사람이 술을 먹으면 개가 된다고 하지만, 대리님은 술을 드시고도 양반이기는 했다. 다음날 출근을 하지 않는 것만 제외하면. 대리님과 한 사무실에 있음에도 따로 이야길 나누는 횟수도 많지 않았다. 대리님은 말수가 적었고, 나도 마음을 열기 전까지 말을 잘 섞지 않기에 그렇다. 경리일을 보는 내게 대리님은 간혹 돈을 빌려 갔다. 큰돈은 아니었지만 몇만 원에서 십만 원 정도까지 다양했다. 그리고 빌려 가더라도 다음날이면 꼭 그 돈을 갚았다. 사무실 시재란 걸 대리님도 알고 계시고 약속을 잘 지키시니 찝찝하긴 하지만 거절할 용기도 없었다. 그러던 어느 날 다른 날보다 제법 많은 삼십만 원가량의 돈을 빌려 달라고 하셨다.

"금액이 너무 커서 제 선에서 빌려드리기 좀 그런데요." 했더니

65

"내가 돈 빌려 가고 어태껏 다음날 주지 않은 적 없지 않느냐."며 꽤나 똑부러지게 내일 갚겠다고 했다. 시제가 없었으면 했지만 시제는 삼십만 원이 되었다. 그런데 돈을 빌려 간 대리님이 다음날부터 출근을 하지 않았다. 무려 일주일이 지나도록 대리님은 출근하지 않았다. 내 얼굴을 검다 못해 타들어 가고 온몸이 불만 갖다 대면 활활 타오를 나무처럼 말라 갔다. 도저히 이렇게 못살겠다 싶어서 사장님께 가서 말씀드렸다. 이러쿵저러쿵해서 제가 돈을 빌려드렸습니다. 죄송합니다. 며칠 뒤면 월급날이니 대리님 월급을 지급할 때 빌린 돈을 빼고 드렸으면 좋겠다고 말씀드렸다. 대리님은 사장님께서 현대 쪽에서 일하실 때 아주 가깝게 지내신 윗분의 동생이라고 했다. 사장님께서 대리님의 형님께 이야기하고 급여를 지급하겠다고 말씀하시며 "꿈아 씨, 다음부터는 그러지 마세요."라고 했다.

대리님은 더 이상 출근하지 않았다. 그 자리를 채워줄 직원 공고문을 냈다. 여러 사람이 면접을 보러 왔다. 최종 합격을 한 사람은 96학번, 나와 동기였다. 그 직원은 자그마한 키에 풀 메이크업까지 마치고 커리우먼 차림에 짙은 향기를 폴폴 풍기며 출근했다. 한 달쯤 지났을까? 사장님이 출장 가시고 그 직원과 단둘이 남았다.

"꿈아 씨 잠깐 이야기 할 수 있어요?

"네? 아~ 네."

"꿈아 씨가 관리부 일만 해주었으면 좋겠어요."

"네?"

"제가 개발부로 입사했으니 개발부 일은 제가 할게요."

　무슨 말인지 도대체 이해를 할 수가 없다. 띵해 하는 내 표정을 읽었는지 직원이 덧붙여 말했다.

　"꿈아 씨가 관리부 일이 아닌 개발부 일을 계속하니까, 내 입장이란 것도 있잖아요. 입사할 때 급여가 책정되어 있어 거기에 맞추어 일하고 있어요. 그런데 꿈아 씨가 계속 개발부 일을 하면 나는 일하지 않는 나쁜 직원이 되는 거잖아요"

　"……"

　"서로가 맡은 일을 하며 피해 주는 일은 없었으면 좋겠어요."

　"아니, 처음 이 사무실이 오픈할 때부터 그렇게 해와서인데…"

　"그러니까 지금은 오픈한 때가 아니잖아요."

　"네."

　"제 말 오해하지 않으셨으면 좋겠어요."

　당황했다. 볼일 보고 뒤처리를 똑바로 못한 것 같은 불쾌감도 몰려왔다. 일해주고 욕을 한다라이로 얻어먹는 기분. 무슨 일이 벌어진 건가 했다. '4년제 대학 나왔다고 윗사람 행사를 하려고 하나?' 하는 생각도 들었다. 자기가 잘났으면 얼마나 잘났다고. 사무실 일을 해보지도 않았으면서. 일이 눈에 보이면 하는 거지.

　이제야 이해가 된다. 3일을 잡아 놓고 처리하겠다 생각한 걸 관리 업무가 주인 내가 하루가 지나기 전에 처리해버리면 얼마나 곤란한 상황이 생길까? 처음엔 네가 못났다는 이야기구나 생각했다. 그러나 다른 관점으로 보면 자신의 가치를 높이고 싶다는 이야기다. 손이 부족해서 도와줬는데, 그게 영역을 흐트러트렸다면 다시 영역을 만들 수도 있다. 단지 그 부분이 못내 아쉽다.

　20대 초반의 나이에 그녀는 자신을 지킬 수 있는 방법을 알고 있었을까? 그때를 떠올리면 마치 내 옆에 있는 듯 착각하게 만들 만큼 또박또박 이야기하던 그녀가 그려진다. 내 머릿속에 오랫동안 한 자리 차지하고 기억되어 있는 걸 보면, 나랑 다른 그녀를 꽤나 부러워했던 것 같다. 요즘 유행하는 자존감이었을까? 취업과 퇴사를 반복할 때, 쉬는 기간이 일주일 넘어가면 큰 불안감을 느꼈다. 내가 지닌 능력의 가치를 따져보지도 않았다. 이력서를 넣은 곳에서 면접을 보고 출근하라는 말이 떨어지면, 묻지도 따지지도 않고 오케이를 외치며 출근했다. 한 번 두 번 습관처럼 쌓여버린 일하는 습관. 20년이 다 되도록 몸에 밴 습관 덕분에 아이 둘 낳아 키우며 전쟁같이 일했다.

　워킹맘을 접고서야 알게 되었다. 내가 일할 자리를 보는 눈을 키워야 한다는 것을. 나보다 적게 일하고 업무능력도 떨어지는 누군가가 많은 돈을 받을 때 부러워하기만 했다. 누군가는 일할 자리를 보는 눈이 있는 덕분에 나보다 많이 벌게 되는구나. 그저 작은 마음 편하고자 내가 내게 한 행동을 반성한다. 누군가 평가하기 이전에 내 가치를 내가 알아봐 주어야 하는 것이었다.

　아직, 안에서 울리는 내 목소리보다 타인의 목소리가 더 잘 들린다. 그래서 나 자신을 추궁하는 대신 내 안에서 울리는 소리를 들으려고 조금 더 귀를 기울이게 되었다.

그러고 보면 젊은 날의 그녀 덕분에 앞으로 한걸음 내딛을 수 있게 되었다.

04
인생은 뜻대로 되지 않는다

살아온 시간 동안 뜻대로 되지 않은 일은 무엇일까를 생각했다. 부모님을 선택할 수 없는 것. 태어나고 싶지 않았을 수도 있지만 태어난 것. 부자였으면 좋았을 텐데 가난한 것. 언니가 동생이고 내가 언니였으면 좋았다 싶은 것. 아이는 아이다우면 좋겠다는 것. 건강한 아빠라면 더 좋지 않을까 싶은 것. 뽀얀 피부라면 좋겠다는 것. 한 번 읽고도 머릿속에 기억되지 않는 것. 나를 예뻐하면 좋겠는데 언니만 예뻐하는 것 등등.

전문대학이라도 들어가야 정보처리기사 자격증을 시험을 치를 자격이 주어진다고 했다. 자격시험을 치러보고 싶었다. 전문대학이라도 나와야 어딘가에 명함처럼 내밀 수 있다고 생각했다. 불리하다 싶은 일에 눈에 흙이 들어가도 안 된다고 말하던 엄마를 "전문대학이라도 나와야 시험을 칠 수 있는 자격이 주어진대요. 내가 커서 돈 벌 때쯤이면 대학 안 나오면 사람대접도 못 받을 거예요."라고 말하며 마치 사람대접 못 받아본 듯이 말했다.

속아준 건지 딸이 원하는 것 같아서 보내줬는지 알 수 없다. 전문대학에 합격하고 등록금을 말했을 때, 엄마는 말없이 내주었다.

전문대학의 문학동아리에서 서방님을 만났다. 잘 웃지도 않고 무뚝뚝한 얼굴을 하고 있었다. 서글픈 눈빛을 가졌는데 반짝거렸다. 눈이 마주쳤을 때 코끝이 찡해졌다. 종소리가 울려야 하는데, 가슴에서 툭- 하고 뭔가가 떨어졌다. 거참 사람이 마음에 들어오는 절차하고는. 꼭 이별할 때 같다. 마음을 들키고 싶지는 않지만 서방님의 안부는 궁금했다. 서방님과 같은 기수 선배들 모두에게 안부를 묻는 메시지를 보냈다. 싹싹하게 메시지 보내는 성격도 아닌데 열심히 보냈다. 눈치 꽝인 서방님은 알지 못했다. 그러던 어느 날, 서방님에게도 메시지가 왔다.

"꿈아야, 네가 나 좋아하는 거 아는데, 그런데 사실-" 뒷문장이 잘린 음성메시지가 왔다. 들켰구나, 부끄럽게. '그런데' 이건 부정인데. 어쩌지? 머릿속이 짙은 안개로 가득 찼다. 상처받은 마음도 뒤로하고 그저 마주칠 일이 없었으면 싶었다. 오늘은 하고 다짐한 날 꼭 서방님을 마주치게 되는데 행여나 그림자라도 잡힐까 싶어 도망 다녔다. 죄수처럼 숨어다니다 서방님과 딱 마주친 날 그 자리에서 얼어버렸다. 땅바닥만 쳐다보고 있는 내게 잠깐 이야기 좀 하자고 말했다.

아니 왜? 좋아하지도 않으면서. 이런 상황에서 무슨 말을. 시간이 없다고 할까? 마음이 없다는 소리를 굳이 직접 입으로 하고 싶어서 그런가?

계속 땅바닥만 쳐다보자 손목을 잡고는 학교 뒷들 계단 쪽으로 향했다. 얼굴을 볼 자신이 없어 계속 바닥만 쳐다봤다. 서방님이 먼저 입을 열었다.

"내가 보낸 메시지 들었어?"

"네."

"그런데 왜 자꾸 피해?"

"네?"

"다 듣고 내 마음도 알면서 왜 피하냐구."

"제 마음은 알았지만 선배는 아니라고 해서."

"뭐라고?"

"부끄럽기도 하고 선배도 제 얼굴 보는 게 편하지 않을 것 같아서요."

"아니라고 말한 적 없는데?"

"네?"

고개 들어 멀뚱멀뚱하게 서방님의 얼굴을 쳐다봤다.

"'네가 나 좋아하는 거 아는데 그런데 사실-' 이후로 메시지가 중간에 끊겼어요. 그 뒤에 올 수 있는 말이 그런데 사실 나는 널 좋아하지 않아 아닌가요?"

"아닌데?"

"……."

"사실 나도 너를 좋아한다고 말했는데."

"네?"

내 귀를 의심했다. 믿어지지가 않았다. 아닐 텐데. 분명히 부정이 었는데. 그게 다 무슨 소용이야. 선배도 좋아한다는데. 너무 좋은 거 티 내면 안 될 거 같은데. 여기저기서 새어 나오는 웃음을 참느라 진땀이 난다.

서방님과 나는 서로의 마음을 확인하고 룰루랄라 신났다. 누구에게 들키기라도 할까 싶어서 몰래몰래 데이트를 했다. 알면 안 된다고 생각한 이유를 모르겠다. 학교에서 동방오거리까지 걸어가기. 서방님이 내 손을 잡았을 때 혹시나 놓칠까 싶어서 내 손에 더 힘주었다. 손에서 땀이 나도 놓지 않았다.

1년 정도가 지났을까. 언니가 형부 될 사람을 데려왔다. 엄마의 반대가 너무 심했다. 엄마는 마치 형부 될 사람이 학을 떼고 도망가길 바라는 사람처럼 행동했다. 그때 엄마가 한 행동은 모두 내가 처음 보는 것들이었다. 형부에게 말을 함부로 하는 건 애교다. 피우지도 못하는 담배를 피우다 콧물 눈물을 빼는 것도 봤다. 그러다 또 투명인간 취급도 했다. 지켜보는 것도 고통스러웠다. 엄마의 반대 이유가 형부 될 사람의 부모님 두 분 다 일찍 돌아가시고 안 계시다는 거였다. 하지만 내 뜻대로 할 수 있는 부분이 아니지 않은가. 내 아빠도 아픈데. 어느새 나와 서방님을 두고 엄마의 이론을 대입하고 있었다.

서방님의 부모님은 이혼하셨다. 어머님은 재가까지는 아니지만 함께 살고 있는 분이 계셨고, 아버님은 시골에서 할머님을 모시고 살고 계신다. 형부보다 더하면 더했지 덜하지는 않을 거라는 결론이 나왔다. 생각이 필요했다. 서방님에게 조금만 시간을 달라고 했다. 내가 사랑하는 사람을 내가 아프게 하는 일을 하지 않고 싶었다. 그 상황에 사로잡혀 헤어지는 아픔은 생각하지도 못했다. 엄마가 서방님을 아프게 할 거라는 것에 사로잡혀서 이별했다. 서방님은 으름장을 놓기도 하고 주변의 도움을 청하기도 했지만 꿈쩍도 하지 않았다. 이것이 서방님을 사랑하는 나의 자세라 여겨 이별했다. 어렸고, 어리석었다.

주변 지인들도 서방님과 내 소식이 서로의 귀에 닿지 않도록 조심했다. 나이는 들어가고 결혼에 대한 생각도 없는 내게, 쑥이가 왜 그러는지 물었다.

"○○선배가 결혼하고 나면 결혼 생각해보려고." 하는 속마음을 들은 쑥이가 가슴을 두들기다 자신도 모르게 뱉은 이야기.

"○○선배가 아직 니 좋아한단다."

고개를 들어 친구의 얼굴을 빤히 쳐다보았다. 내 이름이 듣기 싫을 정도로 미워할 줄 알았다. 어리석게 선배를 떠나보낸 시간을 반성하며 서방님이 결혼한 뒤에 결혼해야지 했다. 30대에 가까워져도 결혼에 대해 별생각이 없었다. 하지만 나를 생각한다는 그 말에 마음이 자꾸 흔들렸다. 한 번 헤어진 사람과는 다시 만나는 것이 아니라고들 했다. 옛사랑이 다시 떠오르는 건 딱 2가지 이유라고 말하던 사람도 있었다. 하나는 남자와 여자가 할 수 있는 걸 다 못해본 경우. 또 하나는 할 수 있는 거 다 해봤는데 둘의 궁합이 너무 좋은 경우라고 했다.

'뭐야? 그럼 우리 정말 할 수 있는 거 다 못해봐서 떠오른 건가?'

말도 안 돼!

아무리 생각해도 서방님보다 나를 더 사랑해줄 남자는 없다고 생각됐다. 아니 내가 그 남자를 사랑한다. 몇 날 며칠 동안 잠을 제대로 이루지 못했다. 용기가 필요했다. 서방님께 마음을 전달했다. 만나기로 하고 얼굴을 마주한 날, 서로 쳐다보며 멋쩍은 웃음을 지었다. 약 10여 년의 세월. 참 많이도 빙빙 돌아왔구나. 그 길이 너~무 멀어서 꼭 걸어야 했을까 싶었다. 돌아서 걷지 않았다면 알 수 있었을까? 돌아온 시간만큼 서로를 향한 마음을 확인하게 된 것이다.

무엇이든 마음먹기에 따라 다른 것이 된다. 무언가 마음먹은 대로 한다는 건, 결국 시간이 필요한 일이다. 조바심을 내는 건 마음먹은 일에서 멀어지는 격이다. 꿈이라 부르는 것도 다르지 않다고 생각한다. 이루고자 하여 금방 이룰 수 있는 것이었다면 꿈이라 부르지도 않았겠지. 결혼 과정을 떠올리며 어떤 일이든 함부로 단정 짓지 말자고 생각했다. 사람과의 관계에는 '나'도 있고 '너'도 있다. 각자의 입장이 같을 때보다 다를 때가 더 많기 마련이다. 알고 있지만 쉽지 않은 건, 상처받고 싶지 않은 이기심 때문이었다.

뜻대로 되지 않는다고 속상하지 말자. 분명한 건, 놓지만 않는다면 10년이 걸리든 20년이 걸리든 할 수 있다는 것이다. 어디에 마음을 둘 것인지 결정하는 기준은 '너'가 아니라 '나'가 먼저라야 한다는 것이다.

05
대한민국 20대, 미래에 미치다

아픈 아빠로 인해 엄마는 늘~ 일했다. 일반적인 물질은 물론이고 배 프로펠러 부분에 그물 또는 줄이 걸려서 배가 움직일 수 없는 경우 해녀들이 들어가서 작업을 하고 돈을 받는 일도 했다(우리 동네에서 수쿠리라고 불렸던 걸로 기억한다). 프로펠러 부분에 엉켜있는 그물을 제거하고 사인이 맞지 않아 돌아간 프로펠러에 빨려 들어가 죽은 해녀가 있다는 이야기를 들었다. 엄마를 잃어버릴 수도 있다는 생각에 "수쿠리는 하지 않았으면 좋겠어요."라고 말했다가 "그럼 니가 그 돈을 주던지." 하는 말에 입을 다물게 됐다.

늘 부족했다. 엄마가 직접 입으로 말하지 않아도 느껴질 만큼. 쉬는 엄마를 본 적이 없다고 해도 과언이 아니다. 그 누구도 내게 나중을 위해서 돈을 벌어야 한다고 말을 하지 않았지만, 돈이 넉넉하지 못하면 엄마처럼 쉬지 못하고 일을 해야 하는 거구나 생각하게 되었다. 게으른 엄마가 아니다. 자연스럽게 온몸으로 배어든 생각은 나를 움직이게 하는 원동력으로 작용했다. 지금 해야 할 것을 정하는 것은 모두 미래를 위해서다. '이걸 배우고 싶어.'가 아니라 '이걸 배우면 나중에 돈을 많이 벌 거야.' 그러고 보면 현재를 팔아서 미래를 수월하게 살기 위해 나는 그토록 뛰었다. 목표를 설정하면 뒤돌아보지 않은 것은 물론 옆도 쳐다보지 않았다. 듣지 않았으면 모르지만 듣게 되면 마음이 쓰이는 나를 알기에. 내가 살고자 자연스럽게 나온 행동인 것이다.

열심히 일하고 열심히 생활하면 어른들이 부르는 성공, 내가 생각했던 돈에 구애받지 않는 생활을 할 수 있을 줄 알았다. 은행에서 청경으로 잠깐 일하며 1억이라는 돈을 눈으로 직접 보았는데, 20kg짜리 쌀 포대보다 좁고 조금 더 깊은 자루 하나에 그 돈이 다 담겼다. 충격이었다. 살면서 1억이라는 큰돈을 모아볼 수나 있을까 했는데, 꿈꾸던 1억이 이것밖에 안 되다니. 물론 그때도 1억이라는 돈은 없었다. 그러나 1억 가지고는 편안한 삶을 살 수 없겠다는 생각이 들었다. 좌절되기도 했지만, 그렇다고 가만히 있을 수는 없었다. 계속 무언가를 했다. 지금 와서 보면 회피다. 제대로 보려고 하지는 않고, 누구도 말하지 않은 알 수 없는 미래에 대한 불안으로 나를 닦달하고 구석으로 몰아세웠다.

남들은 따뜻하게 엄마가 해준 밥 먹고 학교 가는 학창 시절에 나는 새벽바람 맞으며 한 신문 배달. 레스토랑, 주유소, 빵집, 피자집, 은행 청경, 경리, 웹디자이너, 법무사 사무원으로 전전하며 '현재'를 살았다면 똑같이 그랬을까? 아니면 현재를 충실하게 살아서 미래까지 그럴 수 없다는 보상심리가 작동했던 걸까? 솔직히 답은 아직도 모르겠다. 다만, 현재에 충실하며 미래를 생각할 수밖에.

대부분 결혼을 하면 경제는 남자가 짊어져야 할 큰 짐처럼 무겁다. 결혼을 마음먹었을 때도 이런 생각은 없었다.

'열심히 함께 벌면 되는 거지, 돈을 정해놓고 벌이야 할 것이 뭐람?'

조금 먼 곳도 미리 보아가며 함께 잘 살고 싶었다. 엄청나게 쿨하고 다른 이들과는 다른 사고를 지녀 멋져 보인다는 이야기를 듣던 적이 있다. 사실, 이면에는 불안이 있었다. 내가 돈을 벌면 당장 돈이 없어 불안에 떨지 않아도 된다는 생각. 일하지 않고 돈이 부족하다 말하는 것보다 함께 돈을 버는 것이 현명하고 지혜롭다고 생각했기 때문이다. 불안은 결혼 후 첫째를 임신하고는 더욱 크게 작용했다. 우리 식구는 이제 3명이 된다. 넉넉하지 못했던 어린 시절이 떠올랐다.

'돈이 없으면 내 아이도 나처럼 먹고 싶은 거 먹고 싶다 말 못하고, 하고 싶은 거 하고 싶다 말 못하며 눈치 보고 살 거야.'

편협한 생각이 들기 시작했다. 아이가 태어난 뒤에 곧바로 책을 읽는 건 불가능함에도 불안은 혹시나 내가 일을 그만두게 되면 아이 읽을 책도 못 살 거라는 생각으로까지 번졌다. 돌도 지나지 않은 아이는 읽을 수도 없는 책을 미리 한두 권씩 사들였다. 책은 보기 좋게 아이의 입으로 들어가 쪽쪽 빨리며 망가졌다. 뭐든 때가 있는 법이다. 그런데도 온통 하나에 사로잡혀 살았다. 불안이 나를 잠식할까 무척이나 두려워서 파고들 뭔가를 하나 정하는 것처럼. 돈에 발목이 잡히기 싫어서 안간힘을 쓰다가 결국 돈에 미쳐서 산 꼴이다. 돈을 벌지 못하면 살 자격도 없는 사람처럼 나를 대우하며. 그러면서 생활은 돈이 아니어도 괜찮다며 고상한 척까지 했다. 돈을 이해하지 못해서 돈이 삶의 목적이 되어버린 거다. '미래=돈'이라는 잘못된 등식을 세워두고. 나이 40을 넘겨서야 알게 되었다. 내 삶에는 현재가 없다는 것을. 엄마라는 타이틀이 참 힘겹고 벅찼다.

그런데 둘째까지 낳고 보니 다른 세상이 보였다. 인생 참 희한하다더니 진짜네 그래. 힘든 것밖에 떠오르지 않던 어린 시절의 모습에서 웃고 있는 나도 보였다.

'아~ 즐거운 때도 있었구나.'

힘들다고 미리 못 박아서 볼 수가 없었나 보다. 둘째가 내게 어떤 마법을 부린 걸까?

제3장

정리되지 않은 삶

01
웹디자이너

전문적인 일을 하고 싶었다. 기장에서 직장생활을 하는 건 우물 안 개구리가 될지도 몰라서, 출퇴근 편도로 1시간이 넘는 '범내골'로 직장을 구했던 나다. 성공한 사람이 되고 싶었다. 뒤처지면 안 된다고 생각했다. 부산 시내에 이력서를 제출하면 번번이 떨어졌다. 기장하고도 대변이란 곳에 집을 둔 것이 이유일 거라고 생각했다. 결혼한 언니의 집 주소를 빌려 이력서에 넣었다. 예상이 맞았는지 언니 집 주소를 넣자마자 시내에 있는 직장에 들어갔고, 그렇게 직장생활이 시작되었다. 지각이란 건 생각해보지도 못했다. 엄마는 초등학교 다닐 때도 죽을 정도로 아픈 게 아니면 학교는 무조건 가야 한다고 말했다. 초등학교 졸업식 때 개근상이라는 빛을 보았을 정도다.

당시는 IT업계가 조명을 받던 시점이었다. 일을 그만두고 웹디자이너가 되기 위한 공부를 시작했다. 직업훈련 과정으로 출석을 잘하면 교육비가 지원되는 시스템이었다. 6개월 동안 디자인, 웹에디터 등 일반적으로 홈페이지를 구축할 수 있는 공부를 시작했다. '세상에나. 이렇게 신기한 걸 봤나!' 할 정도로 재미있었다. 6개월의 공부를 마치고 웹디자이너로 입사했다. 아직 정착하지 못한 영세한 사업장이 많았다. 입사하면 의지와 상관없이 문을 닫는 회사 덕분에 가족은 한곳에서 오래 일하지 못하는 사람으로 낙인을 찍었다.

일하고 급여를 받지 못하는 나날이 이어졌다. 급여를 주지 않아도 성실하게, 열심히 일했다. 메뚜기처럼 이리저리 옮겨 다니는 직장생활을 하던 중 A 회사에 이력서를 넣었다. 면접 보러 오라는 전화를 받았고 면접을 보고 집으로 돌아가는 길에 출근하라는 전화를 받았다. 성실함이 빛을 발휘한 건가? 아무튼 가장 웹디자이너답게 일한 곳이다. A 회사의 시작은 인쇄물 제작이었다고 했다. 회사에서 가지고 있는 포트폴리오가 내 마음을 사로잡았다. '부산에서 하는 디자인인데도 퀄리티 있고 쌈빡하기까지 한 곳이 다 있구나!' 생각했다. 꼭 입사하고 싶은 회사에 출근하게 되었다는 기쁨. 버스 타고 집에 가던 중이라 하마터면 서 있는 사람을 얼싸안을 뻔했다.

첫 출근을 한 회사는 작은 회사처럼 보였다. 그러나 오프라인 작업을 담당하는 팀, 웹디자이너, 프로그래머, 사업부로 나뉘어 있었다. 출근 첫날 점심 먹는 자리에서 갯가 사는 나보다 더 걸쭉한 입담을 자랑하는 실장님이….

"야- 갸- 닮았제? 아~ 이름이 생각 안 나는데… ○○○ 드라마에서 이병헌 동생으로 나오는 애 있잖아. 억수로 싸가지 없는 아."

윽-. '싸가지 없는 아.' 나더러 싸가지가 없다고 말하는 거 같아서 출근해서 점심 먹기 전까지 행동을 되짚어 본다. 나이가 적은 건 맞지만 이런 반말 대우는 처음이라 어안이 벙벙했다. 그 싸가지 없는 아이의 배우는 신민아였다. 개성 없는 얼굴이 슬쩍슬쩍 볼 때마다 누군가를 닮아 보이게 하는 듯했다. 나를 함부로 대하지 못하게 하고 싶었다. 하지만 방법을 모르겠다. 뒤에 안 사실이지만 걸쭉한 입담을 자랑하는 실장님은 사장님의 부인이라고 했다. 오 마이 갓. 실장님은 경리로 회사에 입사했다가 디자인이 좋아 디자인 공부를 열심히 했고, 전문적으로 배우지는 않았지만 디자이너가 되었다고 했다. 그리고 사모님도. TV 속 드라마에서나 볼 법한 이야기의 현장에 내가 있다니. '배울 것 많은 사람이겠다.'가 아니라 실장님을 조심해야겠다는 생각이 들었다.

　봄날처럼 환하게 빛나는 출발은 아니었지만 재미있었다. 배울 수 있는 분들이 제법 많았다. 디자인팀의 팀장이 따로 있는 직장. 꿈만 같았다. 웹디자이너로 일하며 겪는 어려움 중 가장 큰 부분은 이미지였다. 디자인할 때 필요한 이미지를 구하기가 쉽지 않았다. A 회사는 이미지 CD를 구하기 위해 일본 출장까지 마다하지 않는 회사였다. 투자를 하는 회사구나 싶었다. 오랫동안 이 회사를 다니고 싶고, 여기서 크고 싶다는 생각을 했다. 계약한 건의 크기에 따라 메인 디자이너와 서브 디자이너를 따로 정하고 작업했다. 홈페이지 디자인 과정을 PPT로 설명한다. 처음 보는 광경이었다. 디자인 비전공자인 내 눈에는 그저 신기하고 부러울 수밖에 없었다. 하나의 색이 담고 있는 뜻이 있었다. 팀장님의 PPT를 보며 팀장님이 가지고 있는 능력을 가진 디자이너가 될 거라고 다짐했다. 이미지가 없으면 직접 찍기도 했다. 디지털카메라는 필수라며 그 필요성에 대해서도 알려주었다. 실력 게이지가 금방 상승할 거 같았다. 밤샘 작업도 힘들지 않다. 클라이언트의 '다시'라는 말에도 힘을 내서 작업했다.

　스무 살을 훌쩍 넘기고도 다 자라지 못한 내가 이 일을 떠나게 만든 건 내게 직접 닥친 일이 아니었다. 다른 직원을 대하는 모습에 학을 떼면서부터다.

알아주지 않아도 열심히 일했던 나다. 실장님이나 사장님의 눈에 들어야만 기회를 잡을 수 있다는 다른 사원들의 이야기에 귀 기울이지 않는 척했지만 마음속으로는 걱정이 됐다. '열심히 일한 만큼 대가를 받을 수 있는 길이 없을까?' 생각을 하게 됐다. 엉뚱하게 이미지 CD로 마음이 갔다. 웹디자이너를 계속하는 한 꼭 필요한 것이 이미지다. 이미지 CD를 비싼 돈 주고 사 왔다고 자랑하던 실장님의 모습이 남아 있었다. '가까운 곳에 사는 사람이 지각한다.'라는 말이 있듯이, 집이 먼 관계로 출근이 빨랐다. 아침 시간은 그때나 지금이나 5분이 아주 큰 차이를 만들기 때문이다. A 회사는 웹디자이너들의 작업물 백업 관계로 CD 라이트기를 컴퓨터에 기본으로 장착시켜 놓았다. 공 시디를 구매했다. 일찍 출근해서 청소 후에도 사람들이 출근하지 않으면 기회를 봐서 이미지 CD를 구웠다. 사람들이 알아차리지 못하도록 눈치껏 '내 것 만들기'를 했다.

웹디자인팀에서 나는 H 언니와 친하게 지냈다. 언니는 색감도 좋고 클라이언트가 원하는 포인트를 잘 살려 디자인했다. CD를 굽는 내게 하루는 H 언니가 "작업물 백업 중이니?" 하고 물었다. 검지를 입술로 갖다 대고는 이미지 CD 리스트 복사본을 보여줬다.

"이게 뭐야?"

"언니, 솔직히 웹디자이너로 일하면서 이미지 구하기 너무 어렵잖아. 밤샘 작업해도 따로 보너스도 없고, 보상받는 기분으로 시간이 날 때마다 하나씩 굽고 있어."

"우와, 거 좋은 생각이다."

언니는 CD리스트를 꼼꼼하게 살폈다.

"나도 만들어야지."

언니와 나의 이야기는 여기서 끝났다. 그리고 얼마 되지 않아 사무실이 발칵 뒤집히는 일이 일어났다. H 언니가 사무실 네트워크를 통해 이사님 컴퓨터에 있는 자료를 무단으로 가져갔다는 것이다. H 언니는 아니라고 말했지만, 불시에 회사에서 쓰는 언니의 컴퓨터와 책상을 검사했다. 언니 컴퓨터에는 이사님의 자료가 있었다. 노발대발한 사장님은 경찰서에 신고할 거라고 난리를 쳤다. 사장님과 실장님, 이사님 등이 회의실에 무언가를 의논했다. 숨소리조차 내기 힘든 지경이 되었다. 실장님은 시시때때로 H 언니의 욕을 하고 다녔다. 언니가 걱정되었지만 말을 섞을 수도 없을 만큼 이 상황이 무서웠다.

사무실로 언니와 언니의 오빠가 왔다. 이야기가 정리되었는지 언니 집에 있는 컴퓨터도 이사님 입회하에 검사하기로 했단다. 모든 것이 다 끝나고 언니는 해고됐다. 거기에는 이미지 CD 건도 포함되었다. 사무실 자산을 몰래 빼돌렸다고 말했다. 숨이 턱 막혔다. 나는 어떻게 하면 좋지? 너무 무서웠다. 사무실에 지령이 떨어졌다. 이미지 CD를 백업한 사람들은 일주일의 말미를 줄 터이니 자진신고하라는 거였다. 어떻게 하면 좋아. 10장 정도의 CD를 백업한 나다. 자산을 빼돌렸다는 말이 걸렸다. CD 때문에 잠을 제대로 잘 수 없었다. 어린 마음에 CD를 버리기는 너무 아깝고 우리 집에 두기도 너무 불안했다. 엄마에게 말해서 아시는 분께 보관해달라고 부탁했다. 그리고 사장님께 메일을 보냈다. CD를 백업했다고. 물론 장수는 속였다. 10장이라고 말할 용기는 도저히 나지 않아서 1장이라고 했다. CD는 폐기 처분할 것이며 내가 백업한 CD를 사용할 경우 어떠한 책임도 지겠다고 적었다.

그렇게 한바탕 사무실을 소란하게 했던 H 언니의 일이 마무리되었다. 그 뒤로 들리는 후문이 있었다. H 언니가 해고된 이유는 이사님의 자료를 몰래 본 것만이 아니었다. 회사에서 원하는 대로 움직여주지 않는 H 언니를 본보기로 삼은 것뿐이었다. 사람이 무서워진 것은 이때부터가 아닐까 싶다. 함께 일하며 밥 먹은 시간이 얼만데. 내 나이도 성인이지만 어른이 그러면 안 되는 거 아닌가 생각했다. 그러다 불현듯 사람 귀한 줄 모르는 사람 밑에서 일하기가 싫어졌다. 웹디자이너로 인정받으려면 5년 정도의 시간이 든다고 했다. 5년을 채우려면 1년 반 정도의 시간이 더 필요했다. 절반을 넘겼는데 여기서 그만두기엔 아깝다는 생각이 많이 들었지만, 그래도 사람을 귀하게 여겨야 한다는 마음에는 변함이 없었다.

내 손으로 사직서를 내고 회사를 나왔다.

02
취업과 퇴사

웹디자이너로 일하며 입사와 퇴사가 잦아졌다. IT 업계가 영세하다는 걸 빌미로 급여를 지급하지 못할 수 있다는 걸 당연시 하는 사장님도 등장했다. 처음은 늘 번복이 생기기 마련인 거 같다. 아주 어이없는 경험을 한 이 회사는, 지금 생각해보면 IT 쪽에서 한발이 아니라 두세 발 정도는 앞선 회사였다. 경쟁 업체에서는 시도하지 않은 실시간 방송에 대해 큰 포부를 가지고 있는 회사였다. 따져보면 부산에서 처음 시작한 회사는 아닐까 생각할 정도다. 하지만 일상에서도 장비발이란 것이 있는데 장비에 투자할 비용조차 부족했던 거 같다.

웹디자이너로 입사와 퇴사가 잦아지면서 깨달은 것이 있다. 급여가 한 달 밀리고, 두 달째가 되어서도 밀린 급여가 나오지 않는 회사라면 미련 없이 그만둬야 한다는 거다. 이 회사의 급여가 그랬다. 잦은 퇴사로 약이 올랐고, 사장님도 급여 부분은 밀림 없이 제대로 지급하겠다고 약속했다. 하루, 이틀, 삼일… 사장님은 날짜 미루기를 계속했다. 용기를 내야겠다고 결심했다. 노동청에 문의하고 급여를 받지 못한 것에 대해 신고했다. 사실 여부에 대한 심리가 이루어지는 것 같았다. 심리 날짜가 잡히자 사장님은 내게 이런저런 이유를 둘러대다 나중엔 어음을 주겠노라 했다. 받을 돈만 받으면 되니 다른 소리 하지 말고 급여만 달라고 했다. 소소하게 들어간 경비 따 위 필요 없노라고. 정말 미안하다는 말부터 셀 수 없는 이유를 들먹 이던 사장님은 한 달 급여를 만들어줬다. 신고를 취소해달라고 했 다. 갈등이 생겼지만, 계속 사장님을 독촉하고 노동청과 이야기하는 것도 힘든 일이었다. 노동청에 전화했다.

"급여를 받았습니다."

밀린 급여를 다 받았냐는 말에 그렇다고 대답했다. 속이 조금 아 려왔다. 급여를 제때 지급하지 않은 사장님의 처벌을 원하는지 물 었다. 질문이 떨어지기 무섭게 "아니요." 하고 대답했다. 받을 것만 받으면 되지 처벌은 무슨. 처벌이라는 말만 들어도 닭살이 돋았다.

급여를 받을 수 있는 회사인지 알아야 한다는 생각을 하기 시작 한 건 이때부터다. 일을 하고도 돈을 받지 못할까봐 두려움이 생겼 다. 우물 안 개구리가 될까 무서워 시내로 직장을 구했는데…. 돈을 받지 못하면 차비를 감당하기 어려웠다. 넌덜머리가 났다.

A 회사를 퇴사한 후, 웹디자이너로는, 일하지 않겠다고 다짐했다. 솔직히 말해서 갑자기 다른 쪽으로 전향하여 직장을 구하는 일은 쉽지 않았다. 관리부로 입사해 일하는 것도 즐겁지 않았다. 돈만 벌 면 되겠지 하는 생각이 들어서 은행의 청경으로도 일해 봤다. 이건 아니라는 생각이 또렷해졌다. 안정적인 직장을 찾고 싶었다. 급여 걱정 없이 일한 대가를 지급받을 수 있는 곳. 동아리 대학 동기를 만날 기회가 있었다. 직업 이야기를 하는데 법무사 사무원으로 일

하고 있다고 했다. 법학과를 나오지 않아도 거기서 일할 수 있냐고 물었다. 아무 상관없다고 했다. 일하며 배우고 공부하면 할 수 있다는 것이다. 실속적인 일인 것 같다는 생각이 들었다. 웹디자이너로 일하는 동안 친구 J와 함께 밥을 먹으며 뉴스를 본 적이 있다. 전쟁이 일어날지도 모른다는 뉴스. 서로에게 위협을 주는 영상이었던 걸로 기억한다.

"저게 무슨 일이야?"

"저걸 몰라? 너 도대체 뭐가 바빠서 세상이 어떻게 돌아가는지도 모르고 살아?"

"아… 관심이 없어서 그런가봐."

"아휴, 정말 큰일이다."

이 일이 마음속에 제법 남았다. 나를 생각해주는 친구의 입에서 나온 말이라 속상했다. 그러면서 세상 돌아가는 일에는 얼마나 관심이 있어야 하는 걸까 생각했었다. 법무사 사무원이라면 세상 돌아가는 것에 관심을 기울이며 할 수 있는 일이겠다 싶었다. 친구의 이야기를 듣고 용기를 냈다. 법무사 사무원을 구하는 법무사 사무실에 이력서와 자기소개서를 제출했다. 27살이라는 많은 나이에도 불구하고 법무사님은 입사를 허락했다. 나중에 들은 이야기지만, 어려운 생활환경 속에서 잘 자란 것 같은 느낌을 받았다고 하셨다. 이런 사람에겐 일을 맡길 수 있겠다는 막연한 기대감이 들었다고 이야기하셨다. 초보치고는 많은 나이. 사수가 2살 어렸다. 함께 입사한 직원이 한 명 더 있었다. 첫 출근을 하니 보름 일찍 출근한, 이제 갓 대학을 졸업한 어린 직원이 한 명 더 있었다. 말하면 지는 게임을

하듯 사무실의 분위기는 조용했다. 사무장님이 따라오라고 하셔서 나갔다. 법원으로 향하는 길에서

"이 바닥은 아주 좁다. 만약, 네게 어떤 일이 생겨서 법원에서 눈물을 흘렸다. 그럼, 법원 일을 보고 사무실로 들어오기 전에 나는 알 수 있다. 너는 지나다니는 사람들이 누군지 모르지만, 다른 사무실에서 일하는 사람들은 네가 어디 사무실에서 일하는 사람인 줄다 안다는 거다. 어떤 곳인지 알겠지? 그러니 항상 행동 조심해라."

"네."

사무장님이 법원 일을 알려주기 전에 알려준 지침 사항이다. 설마 그러기까지 할까 했지만, 이것이 사실임을 아는 데는 오랜 시간이 걸리지도 않았다. 보름 먼저 입사한 M이 법원에서 누군가를 만난 모양이다. 사무장님은 사무실에서 사건을 만들고 계셨다. 그런데 "다녀왔습니다." 하는 M에게 "너 그 남자 누구냐?" 라고 물었다.

나는 이건 무슨 상황이지 하는 생각들이 들었지만, M은 법원 지하식당에서 친오빠를 만났다고 했다. 진실인지 거짓인지는 중요하지 않았다. 사무장님이 말한 그대로 일어나는 상황을 방금 보았기 때문이다. 눈물이 나도 참고 화가 나도 참고 일단은 참아야 한다. 이 단은? 보이지 않게 울거나 화를 삭일 곳을 찾아야 한다는 사실이다.

어느 날은 사무장님은 거래처에 함께 가자고 하셨다. 중앙동과 서면에 있는 H회사를 가서 인사를 했다. 처음인 것이 대부분이다 보니 낯설고 떨렸지만 아무렇지 않은 척 하느라 진땀이 났다. 사무실로 돌아와 문을 열었는데 원탁 테이블에서 "오늘은 여기까지 하자."라며 급히 일어서는 직원들. 그때서야 알았다. 사수가 내가 없는 자

리를 틈타 같은 초보 직원들에게 업무에 관한 지식을 가르친디는 것을. 자신보다 나이 많은 나를, 사수는 좋아하지 않았다. 아예 말을 섞지 않았다. 투명 인간으로 대했다. 서러웠다. 내가 무슨 부귀영화를 누리려고 이러나 싶기도 했다. 눈물겨운 회사 생활이었다. 아침을 먹고 오지 못한 날에 컵라면이라도 하나 먹으려면 눈치가 보여 컵라면을 들고 화장실로 갔다. 출근 전인 사무실이지만 냄새가 배면 혼날까 봐. 화장실에서 아무렇지 않게 컵라면을 먹다가 나도 모르게 흐르는 눈물을 닦느라 손이 바빴다.

사수는 능력 있는 법무사 사무원이다. 법무사도 적은 인원으로 꾸려진 회사다. 관리부가 따로 있지 않다. 사무실 전반적인 관리를 사수가 맡고 있었다. 회계사무실과 일 처리를 하다가 뭔가 문제가 있는지 똑 부러지는 사수가 아무 말 못하고 듣고 있다.

"무슨 일 있어요?" 물었다.

"아니요." 대답을 마치고는 안 되겠다 싶었나 보다.

"혹시, 회계사무실 업무 아세요?"

"회계사무실 업무는 몰라요. 무슨 일로 그러는지 말씀하시면 들어보고 아는 거면 말씀드릴게요."

"솔직히 설명도 잘 못하겠어요."

아주 난처한 표정이 가득했다.

"그럼 제가 회계사무실이랑 통화 한 번 해볼까요?"

그러자 사수가 반색하며 말했다.

"그래주실래요?"

"네, 회계사무실 전화번호 주세요."

이렇게 회계 사무실과 통화하게 됐다. 어려움을 보면 참지 못하는 성격 탓도 한몫했다. 건강보험 신청과 의료보험증에 관한 이야기였다. 나와 함께 입사한 직원이 부모님과 따로 살고 있었다. 직원의 부모님도 의료보험 혜택을 받기 위한 일이고, 그에 필요한 서류에 대한 이야길 나누었다. 다행히 나와 통화로 일을 마무리 지었다. 다음엔 쉽게 설명해주면 좋을 것 같다는 말도 잊지 않았다. 이 일을 계기로 사수는 다가왔다. 언니라고 부르며. 가만히 있어도 가르쳐줄 텐데 배우려고 눈을 번뜩이는 내가 미웠다고 솔직하게 털어놨다. 나이가 많아 다른 직원들보다는 일을 잘해야 한다는 생각으로 그랬다. 각자의 배려가 맞지 않아서 일어난 오해였다.

관리부에서 일한 경험이 법무사 사무실에서 쓰일 일이 있을 거라고는 생각해본 적 없다. 아까운 시간을 보냈다 여기며 안타까워한 일이 민망했다. 삶은 어느 한순간도 그저 흐르는 시간이 없다는 것을 실감하게 되었다.

03
경제적인 문제에서 벗어난 적이 없었다

4~5인으로 꾸려진 법무사 사무실은 규모가 작다. 대부분의 사무실에 친인척이 한 명 정도는 함께 일하고 있다. 27살이 되어 입사한 법무사 사무실의 초봉은 80만 원이다. 급여의 많은 금액을 자가운전 비용으로 사용했다. 사무실이 바쁠 땐 오전 8시에 출근해서 밤 10시를 넘기는 것도 일상이다. 적은 급여에도 사무원을 하겠다는 다짐은 내게도 도움이 되는 일이라 생각해서다.

돈을 벌고 싶으면 많은 돈을 주는 곳으로 입사해야 한다. 늘 돈, 돈, 돈이라고 외쳤다 생각했다. 그렇게 믿고 싶었는지도 모르겠다. '내가 부도덕한 곳에서 일한 적 있는가?'라는 질문을 던져 보았을 때 그렇지 않다. 결국, 말은 "돈을 많이 벌 거야." 했지만, 돈만 많이 주는 곳을 골라서 간 것은 아니라는 걸 글쓰기를 통해 깨닫게 된다. 돈도 중요했지만 마음이 동해야 하는 사람이었다.

대학시절, 바다가 보이는 동네 카페에서 아르바이트를 했다. 사장님을 제외하면 나와 여자 아르바이트생 한 명이 일했다. 어느 날 아르바이트생이 주문 전표를 찢는 것을 목격했다. 찢은 전표를 바지 뒷주머니에 넣는 그녀와 눈이 딱 마주쳤다. 어떡하지 망설이다 얼결에 미소 지었다. 그녀는 별로 놀라지 않고 같이 웃었다. 심장이 쿵쾅거려 행여나 들킬까 그 자리를 떠났다. 좋아하는 마음을 들키기라도 한 것처럼. 그녀와 눈이 딱 마주친 이후 불편함을 느꼈다. 손님이 몇 팀 더 드나들고 그녀가 갑자기 옆으로 왔다. 주머니에 뭔가를 슥 찔러놓고는 도도한 뒤통수를 보였다. 주머니에 손을 넣어 꺼내보니 구겨진 지폐가 몇 장 있었다. 만 원이 채 안 되는 돈이었다. 액수가 적어서 무시하는 게 아니다. 이 작은 돈을 취함으로 인해 짊어져야 하는 무게가 더 무거웠다.

그녀는 동네에서 나쁘기로 소문이 나 있었다. 사실은 무서웠다. 하필이면 그걸 봐서 내가 해코지를 당하면 어떡하나. 걱정한 해코지는 아니지만 그녀의 행동 역시 마음에 들지 않았다. 어디서 용기가 생겼는지 그녀에게 뚜벅뚜벅 걸어갔다. 앉아 있던 그녀가 빤히 올려다봤다. 구겨진 지폐를 꺼내어 그녀 손에 다시 쥐어주었다.

"아까 내가 본 것 때문에 그러는 거 같은데…."

"혼자 슬쩍 하려 했는데 네가 봐서 너도 주는 거야."

"이거 입막음이지?"

"하하하."

"네가 준 돈을 가지면 내 행동에서 다 표가 날 거 같아. 크게 한 건 하는 것도 아니고, 작은 돈으로 마음 무겁고 들켜서 부끄럽게 지낼지도 모른다는 걱정 속에서 살고 싶지 않아. 내가 본 걸 다른 사람 그 누구에게도 말하는 일은 없을 거야. 네가 계속 그런다고 해도 나는 모르는 일이야. 하지만, 내게 그걸 강요하지는 않았으면 좋겠어. 그리고 너도 들키지 않을 정도로 적당히 했으면 좋겠어. 뭐든 길면 꼬리가 잡히는 법이잖아."

그러자 '뭐 이런 애가 다 있어?' 하는 표정을 지었다. 생각해보면 어디서 솟아난 용기인지 모르겠다. 그녀는 나이 많은 사람도 팬다고 했는데.

카페에서 일할 때, 사장님은 카페 장사를 오래 하셨다고 말했다. 메뉴에 있던 오렌지 주스는 한 병 따면 몇 잔이 나오는지 다 안다고 말씀하셨다. 그땐 물개박수를 쳤다.

"진짜요? 그럼 커피나 다른 것들도 다 아시겠네요?"

"그럼 다 알지."

"우와~! 사장님 진짜 멋져요!"

그때는 사장님이 아주 커 보였다. 알바생인 내게 먹고 싶은 건 마음껏 먹으라고 했는데, 다 알고 있으니 적당히 먹으라는 말인가 하는 생각도 잠시 했다. 미인형(언제부터 카페는 미인형이 하는 거라는 편견을 가진 건지 모르겠다) 얼굴도 아닌데 카페 사업을 하는지 대단하다고만 느꼈다. 화장기 하나 없는 사장님 뒤로 빛이 났다. 한번은 돈을 찔러놓은 아르바이트생에 대해 물었다. 일은 잘하고 있는지, 보기에 이상한 행동은 하지 않는지. 이제 와 돌이켜보면 사장님은 이미 다 알고 계셨던 것 같다.

20대의 '나'는 최소한의 '나'를 지키려 노력했다고 말하고 싶다. 사장님께 말을 해야만 했는지 40대의 '나도 모르겠다. 아마 그때의 그녀에게 믿음을 보여주고 싶었던 거 같다. 그리고 수상쩍은 행동도 그 뒤로는 목격하지 못했다. 말 그대로 내가 목격을 하지 못한 것인지, 아니면 그녀가 하지 않은 것인지는 모른다. 다만, 그때의 그녀가 믿음이란 걸 경험하고 '자신을 다시 한번 돌아보면 좋겠다.'라고 생각했던 것 같다.

    법무사 사무원으로 일하며 등산을 다니기 시작했다. 처음에는 주말을 이용해서 대학동아리 동기와 선배와 함께 가까운 산으로 등산을 다녔다. 동기 따라 산악회에 가입해서 밀린 숙제를 하듯 오르지 못한 산의 정상을 찍는 것을 기쁨으로 느꼈다. 그러다 야간 산행을 한다는 동호회의 공지를 보았다. 무서운 생각도 들었지만, 한 번 경험해본다면 또 다른 용기를 얻을 수 있지 않을까 생각했다.

    첫 야간 산행은 산의 기운보다 재미난 에피소드가 기억에 남는다.

    야간 산행을 마치고 사무실 주차장에 도착했다. 밤12시에 가까워진 시간. 법원 건물의 불 켜진 몇몇 창문을 제외하곤 그야말로 깜깜했다. 얼른 차 문을 열고 타서 다시 문을 잠갔다. 헤드랜턴을 사용하여 흐트러진 머리를 운전석 정면을 응시한 채 매만지고 있었다. 그 순간 룸미러로 보이는 뒷자리에서 뭔가가 쑥- 사라졌다. 심장이 멈출 것 같았다. 숨을 쉴 수가 없었다. 믿고 싶지 않았다. 눈을 연신 껌벅거리며 룸미러를 확인했지만 아무것도 없었다. 이상하다. 이대로 무서워 차를 출발시킬 수도 없었다.

    '아무도 없는데 어떡하면 좋아. 내가 뭐하고 있을 때 그걸 봤지?'

    다시 머리를 매만졌다. 오 마이 갓! 또 뭔가가 쑥- 하고 지나갔다. 너무 놀라 고개를 숙이다 핸들에 이마를 부딪쳤다. 아파서 정신이 하나도 없다. 이 귀신은 머리 만질 때만 나오나? 그러고는 또 머리를 만지며 이번엔 시선을 룸미러에 꽂았다. 엥? 손을 내렸다. 다시 머리를 매만져본다.

"하하하하하하!"

배가 아플 정도로 웃는다. 눈물이 날 지경이다. 이런 겁쟁이 같으니라고.

귀신의 정체는 내 팔꿈치였다. 어둠 속에 머리를 만질 때마다 흘깃흘깃 지나가는 팔꿈치. 귀신이 있다는 걸 믿는 편이고 겁이 많은 내게, 내가 주는 선물이다. 그 뒤부턴 귀신이라는 걸 생각하지 않으려 부러 노력했다.

살아가다 젊음이 한창일 때도 삶의 끈을 놓고 싶은 순간이 종종 찾아왔다. 주위에서 듣는 말과 스스로도 아무것도 아닌 '나'라서 괴로웠다. 도대체 할 수 있는 건 무엇이냐고 내게 물었다. 만족할 만할 답을 내지 못하는 내가 못나 보였다. 엄마처럼 살고 싶지 않았다. 가난한 게 싫었다. 많은 돈을 벌고 싶었다. 꽁꽁 얼어붙은 20대의 삶은, 봄을 만들어 내는 밑거름이 되었다.

야간 산행을 할 때는 잡담도 나오지 않았다. 오로지 머리에 있는 랜턴 불빛에 의존했다. 왼발, 오른발 발을 내딛을 곳의 안전에 온 신경을 쏟아야 한다. 지금 이 순간에 집중해야 했다. 목구멍에서 새어나오는 헉헉거리는 소리를 구령 삼아서 정상에 오른다. 정상에 올라서 먹는 라면 맛은 정말 끝내준다. 불빛을 향해 몸을 일으키고….

'봐라, 나 이렇게 살아낸다!'

싸움을 건 자도 없는데 싸우듯 안으로 외치다 야경에 녹아내리는 객기. 함께 오르는 사람들의 숨소리. 함께 오르는 사람과 나누는 오이 한 조각. 함께 오르는 사람이 힘을 내라며 어깨를 두드리는 손을 영양분 삼아 봄을 피워냈다.

많은 사람들이 "내려올 산을 왜 올라가? 힘들게."라고 물었다. 짝처럼 따라붙는 대답은 "산이 거기 있으니까 오르지."다. 그때의 나도 종종 써먹던 이야기다. 그러게, 산이 거기 있으니 오르지. "네 이름은 왜 ○○○이냐?"라고 묻는 것과 뭐가 다를까 생각했다. '산이니까.'라고 생각했다. 아마도 '거길 오르면 내가 보이니까'로 해석할 수 있지 않을까 생각한다. 무언가 하나에 몰두하여 그 일을 계속하는 사람들. 그 힘은 '나'를 표현할 수 있어서가 아닐까 하는 생각이다. 체력이 되지 않는 지금도 산을 오르는 때의 생각만으로도 입가에 미소가 걸린다. 아마 산을 오르며 찾은 '나'가 있어서일 거다.

아무것도 한 것 없이 그저 살아온 줄만 알았다. 열심히만 살면 되는 줄 알았던 모습이 멍청하다 생각됐다. 자신이 보기 싫고 미웠다. 쓰면서 기억을 더듬다 보니 매 순간 나를 지키며 살아온 걸 알게 되었다. 내 삶인데 나를 엄마의 삶마냥 살아왔다는 생각이 깨지는 순간이다. 삶의 한 부분만 두고 마치 그것이 삶의 전부인 양 아프다고, 아프다고, 왜 아무도 알아주지 않느냐고 목이 쉬어라 짖어댔다.

이 사실을 알게 되었으니 잘 살 일만 남았다고? 천만의 말씀 만만의 콩떡. 그건 또 나를 하나의 틀에 가두고 단정 짓는 일이다. 살아가며 벽처럼 부딪히는 일에 질문할 것이다.

'너는 또 단정 짓고 있는 것이 아니냐?'

'틀에 가둔 건 아니냐?'

질문해서 빠르게 알아차림으로써 삶의 회복 탄력성을 강화할 것이다. 늘어진 고무줄이 아니라 탄탄한 고무줄처럼 빠르게 제자리로 돌아오는 회복 탄력성.

04
무엇이 내 삶을 결정하는가

띠띠-띠띠띠띡 띠리리릭. 현관문이 열리는 소리.

"다녀왔습니다."

다른 날과 다르게 작은아이 목소리만 집안 가득 울렸다.

"응~. 잘 다녀왔어?"

"네~!"

큰아이가 내 눈을 피하는 듯했다.

"W. 오늘 무슨 일 있었어?"

"아니요."

"형아, 오늘 뺨 맞았어."

큰아이의 대답이 민망할 정도로 빠르게 대답하는 작은아이.

"뭐? 뺨을 맞았다고?"

말이 끝나자 W는 내 표정을 살피는 듯했다. 머릿속은 복잡하고 어떻게 해야 할까 하는 생각이 휘저었다. 정신을 차려야 해. 속에선 벌써 '도대체 뭘 잘못했기에 뺨까지 맞은 거야?' 하는 생각이 치고 올라왔다.

"아니, 누가 귀한 아들 뺨을 때렸어? 귀하고 사랑스러워 엄마도 때리지 못하는 아들 뺨을 누가 때린 거야?"

한껏 오버를 하며 목소리 톤을 '솔'로 유지하려 애썼다. 내가 하는 말이 진심인지를 확인하고 싶은지 큰아이의 눈동자가 빠르게 나를 살폈다. 큰아이를 향해 물었다.

"W, 사범님도 네가 뺨 맞은 걸 알고 계셔?"

"응."

"사범님이 뭐라고 말씀하셨어?"

"남자는 그만한 일로 우는 게 아니래."

"뭐?"

속이 상했다.

'아프지 않아?'라고 먼저 물어 주면 좋을 텐데.

"뺨 많이 아프지 않았어?"

"조금."

"찰싹 소리 났어!"

둘째 아이가 기다린 듯이 대답한다.

"찰싹 소리까지? 와- 진짜 너 마음이 너무 넓은 거 아냐? 엄마는 엄청 화날 거 같아. 아무리 생각해도 기분이 나빠. 그 녀석 이름이 뭐야? 당장 집이라도 찾아가서 물어봐야겠어."

큰아이의 입 꼬리가 슬쩍슬쩍 열렸다 닫히는 것 같았다. 뭐지? 엄마의 흥분을 은근히 즐기고 있는 듯 야릇한 저 표정. 큰아이 대신 작은아이가 입을 열어

"○○○ 형아."

"형아가 뺨을? W, 어쩌다 그런 거야? 혹시 형아한테 장난쳤어?"

"아니야!"

한껏 올라간 목소리가 억울해서인지 일단 버텨보고 싶은 건지 가늠하기 어려웠다.

"어떻게 된 일인지 엄마는 알고 싶어. 이야기해줘."

"아니, 태권도 차에 ○○○ 형아가 앉아 있었어. 근데, 접히는 의자 있잖아. 거기서 의자를 펼까 말까 움직였는데 ○○○ 형아 얼굴 앞에 내 얼굴이 왔다 갔다 했어."

"그래? 그때 W가 장난스러운 얼굴을 한 거 아냐?"

"아니야."

울먹거리는 목소리가 '엄마는 아직 나를 안 믿지?'라고 반문하는 것처럼 느껴져 당황했다.

"그래, 알았어."

휴대전화를 들고 안방으로 들어왔다. 차량 운행을 해주시는 선생님께 전화를 걸었다.

"네, 어머니."

"선생님, W 엄마예요."

"네. 말씀하세요."

"오늘 W가 ○○○ 형아한테 뺨을 맞았다고 해요."

"네? ○○○가요? ○○○는 뺨을 때리고 그럴 아이가 아니에요."

"네?"

"아니, 태권도장에 장난꾸러기인 아이들도 몇 있긴 한데, ○○○는 전혀 그럴 아이가 아니거든요."

뭐야? 그럼 내 아이는 뺨을 맞을 아이인가?

침묵했다. 침묵을 느낀 선생님이 말을 이어갔다.

"어머니 내일 제가 한번 물어보고 전화 드릴게요."

"네, W 말로는 접이식 의자를 내릴까 말까 하는 과정에서 얼굴 앞을 왔다 갔다 했다고 해요. W는 아니라고 하지만 장난을 쳤을 수도 있을 것도 같습니다. 하지만, 어떤 이유에서든 뺨을 맞는 건 기분이 상하는 일이 분명한 거 같습니다."

"네, 그렇지요."

"W가 잘못한 상황이라고 하더라고 뺨을 직접 때리는 건 아닌 것 같습니다. 오늘 전화 드리지 않고 다음번에 비슷한 일이 또 생기면 그땐 일이 커질 수도 있겠다 싶어서요. 얼굴 부위는 민감하니 ○○○에게 말씀해주시면 좋을 것 같습니다."

"네. 제가 내일 만나서 이야기 다 들어보고 다시 전화 드릴게요."

"네."

내 입장에서 '그럴 수도 있지'라고 가볍게 여길 수 있는 일을, 내 아이도 같을 거라 단정 지어 넘기지 않기로 다짐했다. 내가 아이에게 하고 싶은 이야기를 하기 전에 '아이의 말을 듣고 생각하겠다' 마음먹었다. 큰아이가 초등학교를 입학하고 힘들어 하면서도 집에 돌아와 입을 열지 않아서 답답했다. '말을 그렇게밖에 못해?' 하며 짜증을 부린 적도 있다. 내 행동에 조금의 변화를 주자 아이는 그만 좀 말하라고 해도 참지 못해 주방에서 일하는 엄마 뒤를 졸졸 따라다니며 귀를 괴롭혔다.

'아이를 믿으려면 아이도 어느 정도의 믿음을 줘야 하는 건 아닌가?' 하는 의문이 있었다. 어떻게 개구쟁이 녀석을 그저 믿을 수 있단 말인가 하는 내 생각의 뿌리는, 말 그대로 나여서 생긴 문제였다.

조건 없는 믿음을 받아본 경험이 없어서 발생하는 문제. 아이를 믿는다는 건 잘못된 아이의 행동도 무조건 감싸줘야 한다고 생각했다. 이러니 믿음 자체를 의심할 수밖에.

아이를 믿는다는 건, 아이의 행동이나 생각에 이유가 있을 거라고 생각하는 것. 그러니 우선 아이가 한 행동의 이유를 물어보고 충분히 들어주는 것이다. 적어도 내 생각에는 그렇다.

다음 날 학교 가는 W에게

"오늘 선생님이 ○○○ 형아랑 W의 이야기를 함께 들어보고 잘못된 건 혼내고 사과를 할 건 사과하고 해야 된다고 했어. 이야기를 하다 혹시 W가 잘못한 것이 있음 혼날 수도 있어. 엄마에게 W가 소중한 사람인 것처럼, ○○○ 형아도 ○○○ 형아 엄마에겐 소중한 사람이야. 사과할게 있다면 사과하고 와. 엄마 생각도 선생님과 같아."

"네~!"

아이는 마음속에 그 일을 이미 없는 듯했다. 큰아이가 하는 이야기를 끝까지 들어주었다. 혹시 상대가 오해할 만한 행동이 아니었을지 물었다. 아니라고 펄쩍 뛰는 아이가 수상쩍긴 했지만 모른 척 했다. 아직 그 사건의 세부적인 내용을 모르기 때문이다. 오후쯤 태권도 차량을 운행하시는 선생님께 전화가 왔다. 큰아이가 차량에서 ○○○가 그만하라고 했는데도 두어 번 더 해서, 뺨을 때린 건 아니고 밀쳐냈다고 했다. 작은아이가 찰싹 소리를 들었다고 했기에 의심이 가긴 했지만, 큰아이에게 한 번 더 주의 시키겠다고 말했다. 결국 ○○○ 형아와 W가 서로 사과하며 일은 마무리되었다.

아이를 향한 믿음은 '우리 아이는 절대 그럴 리가 없어.'로 끝나면 안 되는 것이다. 다른 말로 표현하면 믿음은 곧 기다림일 수도 있겠다는 생각을 하게 되었다. 아이의 성장을 이끄는 데는 엄마인 내가 먼저 성장해야 한다는 걸 새삼 느낀 일이다.

큰아이와의 믿음 문제를 이야기하는 건 치부를 들춰내는 일이다. 넘치는 사랑을 준 적이 있었을까? 행여나 내가 준 사랑이 아이를 문제아로 키우진 않을까? 필요 없는 걱정을 하며 늘 하지 않아야 하는 것을, 하면 안 되는 것을 노래처럼 부르며 살아왔다. 주어야 할 때 충분히 주지 못한 것을 알아차린 후에야 아이의 아픔이 눈에 들어온다. 미안하다.

제4장

심리를 배우다

01
마음 공부

사무실에 전화 한 통 없는 고요한 날이다. 이런 날 울려주는 팩스. 업무에 필요한 내용보다 '금리 저렴'이라는 광고나 국민주택채권 광고 글이 있는 팩스가 대부분이다. 팩스가 울리자 여직원 3명이 동시에 얼굴을 바라보았다. 어떤 내용인지 다 알고 있다는 듯 미적지근한 미소를 날리며.

'혹시'에 몇 번 잡혀본 내가 팩스를 챙기러 일어났다. '뭐 하러 굳이?' 하는 눈빛이 날아든다. 광고 팩스가 아니면 좋겠다는 오기가 생긴다. 야호! 발신인이 법무사회다. "큭큭큭." 웃음이 난다. 직원 2명이 동시에 "아니야?" 묻는다. "아니거덩~! 법원에서 심리상담 아카데미 강의한데."라고 답하며 법무사님 책상 위에 공문을 가져다 놓고 자리로 왔다.

외근 가셨던 법무사님이 돌아오셨다. 법무사님과 나의 자리는 'ㄱ'자 구조라 대각선으로 시선 맞추기 좋은 위치다. 법무사님은 책상 위의 공문을 보고 혹시 강의를 신청한 사람이 있는지 물었다. 앞 다투어 머리를 떨구었다.

"꿈아 씨. 이 강의 엄청 좋은데 한 번 들어보지?"

법무사님이 말했다.

"전 아직 아이들이 어려서요. 매주 수요일마다 강의가 열리는데 자신이 없어요."

그러자 머리를 떨군 직원들 전부가 '우린 챙겨야 할 아이들이 있다.'며 갑자기 자식 자랑을 시작한다. 사무실에 미혼은 딱 한 명 있다. 얼결에 미혼 사무원 H가 대표로 강의 듣기에 당첨됐다. 얼굴은 딱히 좋아 보이지 않는데, 심리에 관심이 많다며 너스레 떨며 이야기했다. 심리에 관심 많은데 아이가 없어 당첨된 것이 약간 억울하다고 말하는 것 같았다.

강의 신청도 하지 않은 내게 H가 법원에서 심리상담 강의 진행 여부에 관한 사항을 미주알고주알 보고한다. 신청한 사람도 많다고 한다. 재미있지 않겠냐고 묻는다. 인생은 타이밍이라고 했던가. 강의가 궁금해졌다. 강의를 거부한 이유를 다시 짚어보았다. 아이들이 어려서? 핑계 아닐까? 할 수 있는 이유가 아니라 늘 하지 못하는 이유를 찾는 것은 회피하겠다는 뜻 아닌가.

물론 비용도 한몫했다. 맞벌이하며 경제적 보탬을 하고 있었지만, 내게 들어가는 돈은 이상하게 쓰기가 쉽지 않았다.

'40살이 넘도록 그렇게 살았는데 나한테 돈 한번 써보자. 아이 키우는 사람에게 좋다고 하잖아. 한번 들어나 보자.'

이렇게 시작한 심리상담 아카데미의 첫 강의는 핵심 감정이었다. 인간이 고통을 느끼는 이유에 대한 설명을 듣고 어렸을 때 내 욕구의 결핍, 즉 욕구충족의 좌절로 생기는 핵심 감정이라는 것이 있다는 것을 알게 되었다. 언뜻 '이게 뭐지?' 생각할 수도 있다. 내 식대로 풀어보면, 별일도 아닌 것에 욱! 한 때가 있다. 시간이 지나면 '내가 아무것도 아닌 그런 사소한 일에 왜 그랬지?' 하는 생각을 하게 된다. 이런 경우, 욱! 할 때 핵심 감정이 발동했기 때문이다.

W는 7살. 살아가는 동안 평생 따라다닐지도 모르는 씨앗이 형성되는 시기가 이론상으로 끝났다. 아이와 좋지 않았던 기억들이 떠올랐다. 마음에 통증이 느껴졌다. 어떡하면 좋아.

잘못했다고 반성했지만, 없었던 일처럼 지우고 싶은 일이 있다.

창밖엔 사물을 구분하기 어려운 어둠이 내렸다. 백화점 시설관리 일을 하는 남편은 아직 퇴근 전이다. 4살짜리 첫째와의 실랑이가 시작되었다. 떼를 쓰다가도 업고 얼레면 웃던 아이다. 그런데 오늘따라 내 속을 뒤엎을 작정을 한 거 같다. 마음속에 태풍이 휘몰아쳤다. 엄마를 가지고 노는 나쁜 아들이라 생각했다. 부릴 수 있는 땡강은 다 부렸다고 생각했는데, 길어졌다. 참지 못한 두 손바닥은 빨래방망이가 되어 아이 등짝을 빨래 패듯 두들겼다. 두 눈에선 뚫지 못한 것이 없는 광선이 쏟아진다. 아이가 고래고래 소리를 지르다 엎어져서 대성통곡을 시작했다. "그만해!" 큰소리로 말했다. 계속되는 아이의 울음에 "그만하라고!"를 자동발사 했다. 아랑곳하지 않고 땅바닥에서 허우적거리는 아이를, 발로 세차게 밀어냈다. 발끝에 의해 밀려난 W가 어리둥절 놀란 눈으로 봤다. 이때다 싶어 바닥청소 막대를 가지고 왔다. "맞기 전에 일어나! 일어나!" 무엇으로 시작된 실랑이였는지는 이미 상관없는 일이다. 농락당했다는 기분을 견딜 수 없었다. 4살짜리에게까지 이런 취급을 받다니.

일어난 아이가 가만히 서서는 노려본다. 꽉 쥔 주먹으로 온몸을 부르르 떨었다. 그 순간이었다. 아이에게서 어릴 적 나를 보았다. 엄마에게 혼나고 억울함을 품고 엄마 앞에 서 있는 모습. 아이의 모습에 내 모습이 정확하게 겹쳤다. 내가 엄마 앞에서 하던 걸 아이가 내게 하고 있다. 무섭다. 내 아이는 나와 똑같게 크나 보다. 다정한 엄마가 되고 싶었는데 결국 내 엄마랑 똑같이 행동했다. 정신이 번쩍 들었다.

변화가 필요하다고 느꼈다. 아이를 키우며 사는 워킹맘이라 책 읽을 시간이 없다고 말했다. '지금 일어나지 않으면 지각이야.' 할 때까지 누워있다. 눈을 뜸과 동시에 세수하고 머리 감으며 출근 준비하는 시간. 이런 시간에도 아이의 아침은 먹였다. 맘처럼 척척 따라오지 않는 아이에게 소리를 지르기는 건 기본이었다. 늦은 아침, 허둥대며 준비하는 내 모습에서 아이를 사랑하는 모습은 찾아보기가 어렵다. 반복되는 아침. 출근하는 내 얼굴은 '죽을 맛이오.' 하고 광고를 하고 다녔다.

삶의 변화를 꿈꿨다. 꿈꾸긴 했지만 뭘 어떻게 해야 하는지는 몰랐다. '나'를 죽이고 맞춰보았다. 알 수 없는 아이의 투정에도 "그래그래.", 퇴근 후 밥을 먹고 나면 TV를 틀고 밤12시가 넘어야 자는 남편에게도 "그래그래." 했다. 이제 하하 호호 웃을 일만 남은 줄 알았다. 하지만 실상은 '내가 이만큼 노력하고 있으니 너희도 이만큼은 해줘야지.' 하며 남편과 아이에게 요구하고 있었다. 남편은 대답은 곧잘 했지만 달라지지 않았고, 아이도 노력만큼 따라주지 않는다는 생각이 들었다. 왜 제대로 하지 않느냐고 결국 울분을 토했다.

　2015년 12월. 피곤함을 등에 업고 다음 날 아침으로 먹을 카레를
준비하는 시간이 자정. 거실 TV를 틀어놓은 채 화장실을 간 서방
님. 안방과 주방, 아이들 방을 오가며 내일을 준비한다. 흘깃 쳐다
본 TV에서 어떤 책에 관한 이야기를 했다. 'TV 책을 보다'라는 프로
그램으로, 선정된 책을 읽고 토론을 하는 듯했다. 꼿꼿하게 서서
TV를 보고 있는 나를 향해 서방님이 "웬일로 TV를 다 보고 있네."
라며 말을 건넸다.
　"서방님, 이 책 알아?"
　"아니."

　멕시코의 작은 마을에서 한가로이 살고 있는 어부. 어느 날 여행
온 미국인 사업가가 그에게 말을 걸어왔다.
　"물고기를 잡는데 시간이 얼마나 걸리나요?"
　"별로 오래 걸리지 않습니다."
　"그럼 나머지 시간을 뭘 하며 보내십니까?"
　"늦게까지 자다가… 아이들과 놀기도 하고 아내와 산책도 합니다.
저녁엔 친구들과 와인을 마시며 기타도 치죠. 나름 바쁘게 삽니다."
　"전 MBA(경영학석사)를 나왔습니다. 제가 당신을 도와주죠. 먼저,
지금보다 더 시간을 들여 물고기를 잡으세요. 그리고 물고기를 판
돈으로 큰 배를 사세요. 또, 잡은 물고기를 중간 상인에게 팔지 말
고 가공업자에게 직접 팔면 통조림 공장도 열 수 있습니다. 큰돈을

벌어서 이 작은 마을을 떠나세요. 대도시에서 기업을 운영하고 상장해서 수백만 달러를 버는 부자가 되는 거죠."

"수백만 달러요? 그 다음엔 뭘 하죠?"

"은퇴를 해서 조그마한 어촌으로 이사를 해야죠. 아이들이랑 놀기도 하고 아내와 산책도 하고. 저녁엔 와인 한잔에, 기타도 치며 즐겨야죠."

"저는… 지금도 그렇게 살고 있는데요?"

TV에서 목소리와 함께 나오는 이야기의 삽화가 머릿속을 어지럽히며 돌아다녔다. 나는 어떻게 살고 있는가를 묻게 되었다. 행복하게 살고 싶었다.

'지금의 나는 어때? 행복해?'

살아오며 중요하다고 말하던 걸 잊어버리고 살고 있다는 생각이 들었다.

어부처럼 살고 있는가? 아니면 미국인 사업가인가? 돈은 없지만 미국인 사업가에 가까웠다. 아이와 남편, 가족과 나중에 행복하려면 일할 수 있을 때 열심히 벌어야 한다고 생각했다. 그밖에 다른 것은 아무것도 없었다. 결혼 전에는 나 혼자 책임지면 되는 거였다. 하지만 지금 나는 4인 가족이잖아. 더 많이 벌어야 해. 그러려면 더 많이 일해야 해.

행복하게 살아야 한다는 삶의 기준이 바뀐 것이 아니라 행복의 조건이 바뀌어 버린 것이다. 나의 삶이다. 그런데도 타인의 말로 가득 차 마치 내 생각인 줄 알고 살았다. 타인과 비교하며 불행을 일

삼았다. 내 얼굴에 침 뱉는 격이 될까 마음껏 불평하지도 못하며 속으로만 삼켰다. TV 속의 책 '내 안에서 나를 만드는 것들'을 만나며 현재의 나를 돌아보게 되었다.

어떤 감정이 아이의 핵심 감정으로 자리 잡았을지 궁금했다. 나를 형성하고 있는 모든 것이 아이를 향했다. 아이를 잘 이해하면 될 거라 생각했다. 내가 맞추면 다 잘 돌아갈 거라고 생각했다. 잘하고 싶은 마음과는 반대로 서투른 내가 보였다. 퍼즐처럼 맞추는 문제가 아니었다. 나를 그저 상대에 맞추다 보면 감당하기 어려운 내가 불쑥 올라왔다. 타인을 이해하면 될 거라고 여겼는데 전혀 이해되지 않았다. 잘못된 발상이었다. 타인이 아니라 나를 이해해야 하는 문제였다. 아이를 잘 알아야 하는 문제가 아니다. 내 속에서 나왔다고 내가 아이를 다 알까? 잘못된 초점 맞추기였다. 나를 알아야 하는 것이다. 처음엔 어색했다. '내가 나를 이해하는 시간도 필요한가?' 하는 의문도 들었다.

변화를 꿈꾸며 방법을 찾던 중 아침 모습이 떠올랐다. 아이들과 가장 많이 부딪치는 시간이었다. 아침은 총성 없는 전쟁터. 매일매일 반복되지만 뾰족한 방법이 없다고 생각했다. 이렇게 살다간 죽겠다 싶던 그 찰나 알게 된 새벽 기상. 어떤 이는 미라클 모닝이라고도 했다. 결혼 후 아이를 키우며 '나'가 사라진 것 같은 기분. 내게 쓰는 시간이 없기 때문이었다. 새벽 기상을 시작하며 책을 읽었다. 나를 이해하기 위한 마음공부를 더하자 나를 알아가는 일은 날개를 달았다.

02
'나'와 마주하다

강의를 들을 수 있는 수요일이 기다려졌다. 강의를 들으며 나에 대해 알게 된 한 가지를 일주일 동안 생각하고 답답해질 때쯤 힌트를 얻을 수 있는 시간.

20대, 출퇴근 길에 있던 대변항구 버스정류장 옆에는 택시 승강장이 있었다. 아침 출근 시간에 맞추어 늦은 손님을 태울 준비를 하듯 줄줄이 비엔나처럼 줄 서 있다. 어느 날은 동생과 함께 버스를 타러 나왔지만 늦은 손님이 우리가 되었다. 기차를 타야 했다. 급해서 택시를 탔다. 택시기사님께 목적지를 말씀드리고 숨을 돌렸다. 기사 분이 물었다.

"아가씨 맨날 웃고 다니는데 좋은 일 있어?"

"네?"

"아니 내가 아침마다 이렇게 서 있을 때 아가씨 출근하는 거 자주 보는데 늘 웃고 있어서."

"아~ 제가 그랬나 봐요?"

정말 놀라웠다. 나를 알지도 못하는 사람이 나를 관찰할 수도 있구나.

사실 내가 웃는 얼굴을 하고 다녀야겠다고 생각한 일은 따로 있다. 고등학생 때로 기억하고 있는데, 한참을 다닌 컴퓨터 학원의 원장님이 지나가듯 한 말이었다. 아직 학생인데 세상 다 산 사람처럼 비장한 얼굴로 걸어가는 나를 보았다고. 내 손으로 마련하던 컴퓨터 학원비를 더 이상 충당할 수 없어 그만둔다고 말했다. 가끔 원장님은 내 속에 들어앉은 것 같았다. 학원비 때문이라면 그냥 다녀도 좋다고 말했다. 겉으로만 사람 좋아 보이는 것이 아니라 멋지고 닮을 점이 많은 원장님을 은근 따랐다. 사람들과 함께 있을 땐 몰랐는데, 혼자 있을 때의 얼굴이 너무 차가워 말 붙이기가 어려울 정도였다고 말했다.

이 말을 들었을 때 두 가지 생각이 들었다. 하나는 오롯이 혼자 있을 수 있는 장소가 아니라면 나는 혼자라도 내 얼굴에 신경을 써야 한다. 둘째는 내가 의도하지 않은 모습으로 사람들을 걱정시킬 수도 있다는 것이었다.

나를 모르는 사람은 웃는 모습만 보고 긍정적인 사람이라고 이야기를 했다. 오랫동안 보아온 사람은 거리를 걷는 나를 보며 힘든 일이 있는 건 아닌지 걱정했다. 이때부터 나를 들키지 않는 것이 좋다는 것을 확신하게 되었다.

W의 체온이 다른 날과 다르게 뜨끈뜨끈했다. 체온을 체크해야 하지만 온도가 높게 나올까 무서웠다. 아이를 둘이나 키운 언니에게 소아과에 가볼 것을 부탁하고 출근했다. 한 시간 정도 일했을까. 전

화벨이 울렸다. 전화기 화면에 '○○○울언니'가 뜬다. 좋지 않은 예감이 든다. "흠-. 흠-." 목이 잠겨 목소리를 가다듬고 전화기를 들었다.

"여보세요?"

"꿈아야, W 요로감염이 의심되는데 자기들 병원은 안 되니까 큰 병원 가란다."

"큰 병원? 큰 병원 어디 가야 되지?"

"일단 여기로 온나."

아이가 아프다는데 입이 떨어지지 않는다. 사랑을 고백할까 말까를 망설이다 결심한 사람처럼 사무장님께 갔다. 기어들어가는 목소리로 말했다.

"W가 열이 나서 언니가 병원 데려갔는데 큰 병원을 가보래요. 지금 가봐야 할 거 같아요."

"그래."라는 대답을 듣고는 "죄송합니다." 하고 주섬주섬 가방을 챙겨 나왔다.

운전을 하는 동안 별의별 생각이 다 든다. 뭐가 잘못된 거지? 왜 내겐 이런 일들이 생기는 걸까? 많이 잘못하고 살았나? 지금부터라도 더 베풀며 살터이니 제발 큰 병이 아니길 바랐다. 병원에 들어가는 창에 비친 얼굴이 울상이었다. 언니와 아이를 태우고 광혜병원으로 향했다. 병원에 들어서서 고개를 이리저리 돌리며 무엇을 먼저 해야 하는지 찾던 나는, 엄마를 잃은 아이 같은 심정이었다. 번호표를 뽑아 대기하다가 겨우 접수했다. 소아과에 가서 따로 이름을 적으란다. 소아과에 가니 1과에서 3과로 나뉘어 있다. 어떻게 해야 할지 몰라 망설이는 표정을 간호사가 읽었다.

"원장님의 진료 보려면 1시간 이상 기다려야 해요."

아이가 열이 있으니 가장 빠른 과로 해달라고 했다. 빨라도 30분 이상은 대기해야 한다고 했다. 삐쩍 마르고 경상도 이미지를 아낌없이 뿜어내는 의사였다. 질문에 답도 없고 자기 할 말만 하는 의사. 아이를 봐줄 의사라서 내심 기분 나쁘다는 표가 나지 않도록 조심했다. 병원의 같은 복도를 몇 번이나 왔다 갔다 했는지 모르겠다. 조그마한 아이의 피를 뽑고 사진을 찍는 순간이 지옥 같았다. 소변 검사는 기저귀 안의 아이 고추에다 비닐봉투 같은 걸 붙였다. 오줌이 찰 때까지 기다렸다가 떼어내는 방식이었는데, 접착력이 너무 좋아서 아이의 살갗이 벗겨질 거 같았다. 아이는 울음으로 아픔을 대신했다.

아이의 병명은 요로감염이고, 무조건 입원을 해서 치료해야 한다고 했다. 입원 시 꼭 필요한 품목이 적힌 종이를 손에 쥐어 주었다. 원무과에 가서 이야기하고 병실을 배정받으라고 한다. 원무과로 향하는데 출입문 밖으로 보이는 푸른 하늘이 땅으로 꺼졌다.

3인 병실로 배정을 받았다. 아이에게 맞는 병원복이 없어 몇 번을 접어 입혔다. 고이는 눈물을 어떻게 해야 할지 몰라 뺨을 타고 흘러내리게 두었다. 링거를 꼽기 위해 주사실로 갔다. 내 마음은 안중에도 없는 간호사. 아이가 움직이면 다친다며 있는 힘을 다해 팔을 잡는다. 아이가 울다 기절할 거 같다. 바늘을 몇 번이나 가느다란 손등과 팔에 꽂아대더니, 너무 어려서 혈관을 잡기가 어렵다며 발에 바늘을 꽂아야겠다고 한다. 난생처음 당하는 일이다. 아무래도 당한다는 표현이 맞는 것 같았다. 나더러 침대 위로 올라가 아이를 누르란다. 간호사 한 명이 아이를 더 잡고서야 링거를 꽂을 수 있었다. 울다 지쳐 늘어진 채 울먹이는 아이. 온몸이 땀범벅이 되어 발등에 바늘을 고정시킬 테이프가 자꾸 떨어지자 떨어진 상태로 테이프를 이용해 칭칭 발을 감아버린다. 울다 지친 아이가 잠들었다. 나도 잠들고 싶다.

W는 고열을 자주 앓았다. 백일도 되기 전에 입원한 이력 탓인지 소아과 통원치료로도 낫질 못했다. 약을 먹어도 차도가 없었다. 월례행사처럼 입원했다. 병원 진료를 쉰 날을 세는 게 빨랐다. 병원을 친정처럼 드나들었다. 소아과 간호사들이 "W 어머니 오셨어요?" 하고 인사를 한다. 가족 같은 기분이 든다. 정작 가족들은 "W가 자주 아픈 건 모유를 못 먹어서 그렇다."며 아픈 곳을 정확하게 찔렀다. 말도 통하지 않는 갓난쟁이와의 생활은 힘들었다. 엄마가 되는 것보다 커리어우먼이 되는 쪽이 훨씬 쉽게 느껴졌다.

출산하고 2달 후 복직했다. 사무실로 복귀 소식을 전하자 직원들은 기뻐했다. 가족들은 혀를 찼다. 몸조리가 3달인 이유가 다 있는 거라고 했다. 시간이 지나고 몸이 아프면 그때 후회하게 될 거라고 했다. 일중독자라며 고개를 절레절레 흔들었다. W는 그 후로도 자주 병원을 다녔다.

"엄마가 아이를 돌보지 않아서 아프다."는 말도 추가되었다. 일면식 없는 사람들도 병원에서 만나면 말을 보탰다. 그들의 말은 가슴을 뚫고 지나가 주로 흩어졌다. 하지만 가까운 이들의 말은 가슴을 뚫지 못하고 앙금처럼 남아버렸다.

'왜 나만…!'으로 한참을 보냈다. 왜 나한테만 안 좋은 일이 생기는지 도무지 알 수 없었다. 자주 아픈 아이를 두고 뭘 시작할 수 있을까. 공부를 하려고 딴에는 큰마음을 먹었다가 아이가 아프기라도 하면 '내 이럴 줄 알았다'며 무릎을 쳤다. W에게 모유를 먹이지 못했다는 죄책감. 엄마가 아이를 돌보지 못한 죄책감이 쌓이며 사이비 신앙인이 되어갔다. 얼토당토않은 이유를 붙여가며 점점 자신과 멀어졌다.

03
엄마의 인생설계도

'가을~ 우체국 앞에서 그대를 기다리다~'

윤도현이 부르는 '가을 우체국 앞에서'가 휴대폰 알람으로 울리자 눈을 떴다. 기계적으로 일어나 침대에 걸터앉는다. 2017년 11월 7일 새벽 4시 30분. 도통 정신을 들지 않아서 멍하니 있다 비틀거리며 거실로 나왔다. 화장실로 가서 반쯤 감긴 눈으로 샤워기를 잡고 머리를 감는다. 찬물이 머리에 스미자 몸이 떨렸다. 세수하며 욕실 거울을 보니 얼굴이 잔뜩 굳어있다. 자주색 여행용 백팩에 필기구, 노트, 휴대용 배터리, 물통을 챙겨 넣었다. 시간은 벌써 5시 30분을 향하고 있다. 밖은 아직도 깜깜하다. 빠르게 움직여야 한다. 초록계열 체크무늬 남방을 입고 일명 때바지라 불리는 청바지에 다리를 끼워 넣는다. 휴대폰 잠금 패턴을 해제하고 카카오T 앱을 실행했다. 현 위치에 집 주소를 넣고 도착지에 부전역을 넣어 택시 호출하기를 눌렀다. 택시번호와 함께 떠오른 걸리는 시간 5분. 가방을 열어서 빠진 건 없는지 훑어보고 빌라 주차장으로 내려왔다. 카카오 T에서 택시가 어디쯤인지 확인한다. 집 방향과 다른 쪽으로 가는 거 같아서 마음이 방망이질 쳤다. 몇 번을 갔다 왔다 하더니 집 쪽 골목으로 들어온다. 행여나 다른 곳으로 갈까 다급한 내가 택시를 향해 달렸다. 택시에 탑승하여 털썩 주저 앉았다. 늦진 않겠다.

부전역에서 내렸다. 여전히 깜깜하다. 계단을 걸어 내려가 부산역 방향 지하철을 타는 곳으로 간다. 7시가 되기 전인 이른 시간이지만 지하철을 기다리는 사람도 제법 있었고 지하철 안에도 많은 사람들이 있었다. 목적지가 어디일까? 생각에 잠겨서 꼬리 물기를 하는 동안 지하철은 부산역에 도착했다. 많은 사람과 섞여서 나도 내렸다. 시간적으로 여유가 있었지만 바삐 걷는 사람들에게 홀린 듯 함께 걸었다.

부산역 안에 도착하니 안심이 된다. 텅 빈 뱃속을 채우려고 주위를 둘러보니 파리바게트가 보인다. 빵과 아메리카노를 세트로 판매하는 걸로 골라서 기차 타는 곳으로 이동했다. 서울행, 열차 번호를 몇 번이나 확인하고 탑승했다. 좌석번호도 재차 확인하고 앉았다. "휴~." 하는 한숨이 흘러나온다. 6시 59분에서 7시로 변하는 순간, 안내방송과 함께 열차가 출발한다. 1초의 망설임도 없이.

새벽 기상을 습관화하고 싶었다. 도전과 실패를 반복했다. 다시 쳐다보고 싶지 않을 만큼 새벽 기상에 진절머리가 났다가도 또 그리워졌다. 꾸준함이 필요했다. 미라클 모닝을 검색하다 우연히 알게 된 명랑모험가님의 블로그. 5년 동안 새벽 기상을 이어오며 기록하고 시각화하여 정리해놓았다. 한 달, 1년 단위로 정리해놓은 기록을 보니 놀랍고 신기할 따름이었다. 블로그에 명랑모험가님이 운영하는 엄마일연구소 카페에서 새벽 기상 미션을 함께 할 인원을 모집하고 있었다. 2017년 5월 카페 가입을 하고 처음 시작되는 미션에 참여했다. 명랑모험가님을 닮고 싶었다. 만난 적 없지만 꾸준함에 믿음이 가는 사람이었다.

7월에 미술심리 상담사 수업 때 9분할 통합 회화법을 실시했다. A4용지에 가로 3칸, 세로 3칸을 만들어 총 9칸을 만든다. 자신에게 좋은 영향이던 나쁜 영향이던 영향을 미치고 있는 사람을 생각한다. 미술심리 상담사 수업을 할 때 자주 등장하는 사람은 가족이었다. 이번엔 사람이 아닌 엄마일연구소 카페가 떠올랐다. 내가 생각해도 엉뚱해서 피식- 웃음이 났다. 물론 좋은 영향이다. 수업 때마다 실전에 들어가면 울보로 통할만큼 많은 눈물을 흘리고 목소리 떨림 현상이 나타났다. 이 기법을 진행할 때 이상하리만큼 신났다. 제목은 '당신은 나의 삶입니다.'

집으로 돌아와 두 아이를 돌보며 피곤한 기색이 역력한 서방님에게 속사포로 이야기를 풀어놓았다.

서방님은 "그 카페가 네 삶에 큰 영향을 주고 있는 거야?"라고 물었다.

자신 있게 "응."이라고 답했다.

서방님께 서울에서 진행하는 명랑모험가님의 '엄마의 인생설계도' 강의를 듣고 싶다고 했다. 일주일에 한 번, 6주간 진행되는 강의라는 설명도 덧붙여서. 앞으로 쏠린 어깨를 뒤로 젖히며 놀란다.

"서울까지 가려면 기차비만 해도 돈 백만 원 아니야? 강의료는 얼마야? 돈은 있어?"

7월에 일을 그만둔 상황에서 강의료와 차비는 걱정이었다. 비용에 대한 대답 대신, 명랑모험가님이 하는 건 그것이 무엇이든 해보고 싶다고 했다. 커리큘럼도 끝내줬다. '엄마, 그 이후의 삶을 준비하다.' 라는 소제목으로 엄마에게 맞추어진 자아 탐색 프로그램이다.

1, 2주 차 : 현재의 나 보기로 나를 표현하는 키워드를 찾고 내 삶의 가치를 알아본다. 내가 생각하는 나와 타인이 생각하는 나는 어떤 차이가 있을까? 주관적 객관적 이미지를 분석을 통해 나를 입체적으로 파악한다.

3, 4주 차 : 과거의 나 보기로 나의 경험을 돌아본다. 그 속에서 나의 재능과 강점을 발견한다. 성취감 요소와 나의 감정 사이의 교집합을 파악하여 내게 진정 즐거움을 주는 일의 조건을 찾는다.

5, 6주 차 : 미래의 나 그리기로 나의 관심과 강점을 가치 있게 전달할 방법을 찾는다. 우선순위를 정하고 액션플랜을 수립한다.

서방님께 침을 튀겨가며 읊었다. 지금 이 순간의 '나'에게 꼭 필요한 강의다, 나를 이해하는데 큰 도움이 될 거 같다 등등. 화면이 멈춘 것처럼 일시 정지한 서방님에게 "돈은 내가 어떻게든 알아서 할게요."라고 말했다. '어떻게?'라는 물음표 가득 찬 눈으로 바라보는 서방님.

"회사 다닐 때 도시락 싸가고 점심 식대를 모아 놓은 돈이 조금 있어요."

매번 부족한 생활비에 야금야금 들어가던 돈이었다. 마음 공부를 시작하며 정말 내가 원하는 걸 배울 때 쓰겠다며 없는 셈치고 둔 돈이었다. 서방님이 허락했다. 이제 서방님이 회사에 이야기하고 6주간 화요일은 출근시간인 8시에서 1시간 30분가량 늦은 9시 30분까지 출근하는 걸 허락받아야 한다.

내 간절함이 닿았을까? 회사의 허락이 떨어졌다. 그리고 명랑모험 가님의 비밀스러운 도움도 받았다.

흘러나온 안도의 한숨을 얼른 주워 담았다. 휴대폰을 들고 서방 님께 전화를 건다. 한참을 울린 뒤 전화기 속에서 들려오는 나른한 목소리. "여보세요."가 아니라 "일어났어~."

8살, 5살의 두 아들을 챙기고 출근해야 하는 서방님의 시간이 시 작되었다. 준비해놓고 나온 아침을 먹어야 한다. W는 8시 15분 빌 라 뒤 주차장에서 태권도 차량을 이용해서 등교한다. W가 등교하 면 주차된 펄이 가미된 하얀색 K5를 이용해 법원 근처에 있는 어린 이집에 둘째 M을 등원시킨다. 집으로 돌아와 주차를 하고 동해전철 을 타고 출근하는 서방님.

"이제 출근합니다."라는 카톡이 왔다. 1분이 1시간처럼 귀한 아침 시간을 지원하고 돌발행동도 서슴지 않는 나를, 응원해주는 서방님 께 "고마워요."라고 답톡을 보낸다.

강의 장소는 사당역 근처 호화맨션이다. 나는 자칭 타칭 길치다. 길을 잃지 않기 위해 기차에서 네이버 길 찾기 앱을 실행시켰다. 암 기하듯이 보고 또 본다. 서울역에 내리자 기차에서 내린 사람들이 마감 시간에 쫓기는 사람처럼 앞을 향해 질주한다. 나도 덩달아 빠 르게 걸었다. 직진으로 걸으면 보였을 매표소. 덩달아 걷느라 계단 을 올랐다가 다시 내려왔다.

서울역은 지하철 4호선과 연결되어 있다. 2호선도 가던데, 4호선을 타자. 지하철 표! 발권기 뒤로 늘어선 사람들 중 천천히 움직이실 것 같은 할아버지 뒤에 섰다. 예상대로 엄청 느렸다. 표 끊는 것에 실패하셨다. 내 차례. 보증금은 뭐지? 500원인데 순간 이거 없이 하는 방법은 없나 싶어서 멍하니 있다. 재촉하는 사람은 없다. 역 이름으로 발권하려는데 사당역이 눈에 들어오지 않는다. 혹시나 하는 마음에 눈을 비볐다. 순간, 내가 서 있는 곳이 한국이 아닌 타국은 아닐까 하는 생각마저 들었다. 화면을 터치하는 손가락이 떨리기 시작한다. 당황하여 뒤를 쳐다봤다. 표를 사기 위해 늘어선 긴 줄에 손이 축축하고 머리 위로 훅- 하고 오르는 열로 얼굴까지 화끈거렸다. 결국 포기하고 뒤로 물러났다. 오늘 안에 표를 끊을 순 있을까? 서울역 안에 물음표가 가득했다.

　10시 30분까지 도착해야 한다. 10시가 다가오자 마음이 급해졌다. 다른 사람들이 끊는 걸 보고 곁눈질로 따라해 겨우 성공했다. 서울은 종이표가 아니라 카드가 나오는구나. 4호선을 타기 위해 걸었다. 제대로 가고 있는 걸까? 의문이 생길 만큼 걸어야 했다. 드디어 탑승. 강의시간에 맞추어 들어가기 위해 정차하는 역마다 고개를 들어 역 이름과 노선도를 확인했다. 사당역 도착. 지금부터 잘 찾아야 한다. 빠른 걸음으로 어색한 가로수 길을 걷는다.

　공간대여 룸 호화맨션에 다다랐다. 낡은 적색 벽돌의 4층 건물. 지하에 pc방이 있고 1층에는 고기를 파는 식당이었다. 미리 확인한 내부 사진은 화려했는데? 고개가 갸우뚱거린다. 의심가득한 발걸음을 옮겨서 올라가니 말소리가 들린다. 어색해서 고개부터 빼꼼 들이미니 환하게 맞아주시는 명랑모험가님. 내부의 반전이 기다리고 있었다. 전체적으로 하얀색이고, 포인트로 진회색 가벽도 있었다. 입구가 보이면 휑할 텐데, 그것을 막고 분위기까지 있었다. 10명은 족히 앉을 수 있는 긴 사각 원목테이블 위로 천장에서 내려온 3개의 줄에 매달려 빛으로 피어난 전등이 눈부셨다. 건물의 주인이었으면 좋겠다 싶을 만큼 분위기 있는 공간이었다. 명랑모험가님을 제외하고 엄마의 인생설계도를 함께할 총 인원은 5명이었다. 어떤 분들과 만나게 될까. 미리 질문에 맞춘 자기소개를 한 뒤 강의가 시작되었다.

심리상담사와 미술심리상담사 공부를 할 때 지나야 할 필수과정으로 집단 상담 시간이 있다. 분위기가 마치 집단상담 같다. 다른 점이 있다면 좀 더 편리하게 나를 만날 수 있는 크레파스나 색연필과 같은 미술도구가 아니라 명랑모험가님이 준비한 워크시트지가 있었다. 여러 명이 함께 나누며 나를 알아가는 1, 2주 차 과정은 마음 공부를 병행하고 있는 나는 다른 이들보다 조금 수월한 느낌이 들었다. 자기 이해를 위해 노력하고 있으니 이 정도의 수월함을 당연한 것일지도 모른다고 받아들였다.

강의가 끝날 때마다 집에서 해야 할 과제가 주어졌다. 객관적인 나를 알아보기 위해 타인에게 받아야 하는 설문지도 있었다. 넌지시 알고 있는 마음을 분명하게 제시해주기도 하고, 타인에게 큰 기대를 가지는 것도 절제를 해야 한다는 사실을 깨달았다. 신선한 경험이었다. 그리고 힘이 생기는 경험이었다.

엄마의 인생설계도라는 6주간의 강의를 듣는 내게 가장 어려운 주자는 3, 4주 차였다.

"과거의 나 보기로 나의 경험을 돌아본다. 그 속에서 나의 재능과 강점을 발견한다. 성취감 요소와 나의 감정 사이의 교집합을 파악하여 내게 진정 즐거움을 주는 일의 조건을 찾는다."

어릴 적부터 막연하게 노력하면 엄마처럼 힘들게 살지 않아도 된다는 생각을 했다. 어쩔 수 없는 상황이 엄마를 힘들게 하고 있다고 생각했다. 돈이 엄마를 힘들게 한다고 믿었다. 아픈 아빠의 병원비, 약값 등. 큰돈이 들어가는 아빠의 병, 경제적으로 보탬이 되지 않는 아빠가 짐처럼 느껴질 때도 있었다. 충분한 돈이 있다면 걱정 없이 살 수 있다는 틀을 만들었다.

빨래부터 청소, 엄마의 심부름 등. 과거의 경험을 들여다 보았다. 즐거움으로 시작된 것이 아니다. 경험한 아르바이트도 목적은 돈이었다. 단순히 혼자 기록하며 돌아볼 때는 느낄 수 없었다. 다들 이렇게 살아가나보다 했다. 문제라고 느끼기 시작한 것은 나누기를 시작하면서다. 다른 분들의 이야기를 듣고 있는데, 갑자기 나와 동떨어진 세상에서 온 사람들이 아닌가 하는 생각이 들었다. 한 사람이 아니라 4명 다 비슷했다. 돈이 목적이 아니라 경험을 위한 것이었다. '과거 따위는…' 하던 나와 다르게 과거의 기억을 떠올리는 것만으로도 즐거운 얼굴이었다. 괴리감이 들었다. 나눔을 하는 원목테이블은 그대로인데 TV나 영화 속에 보던 장면처럼 갑자기 나만 '뿅뿅뿅뿅뿅'하며 건물의 한쪽 구석으로 밀려났다.

'여기는 어딜까?'
'나는 무엇을 하고 있나?'

도통 집중하지 못하고 있었다. 중요한 일이 있어 강의가 끝나기 30분 전에 여행용 백팩을 둘러메고 도망치듯 건물을 빠져나왔다. 사당에서 서울역까지 어떻게 온 건지 기억도 나지 않는데 어느새 도착했다. 서둘러 부산으로 향하는 기차에 몸을 실었다. 사람이 멍하다는 표현은 이럴 때 쓰는 거구나. 나만 다르다고 이런 기분이 들었나. 충분하지 않다. '모르겠다.'로 일관하며 부산에 도착했다.

일을 처리하기 위해 지하철을 탄 뒤 시청역에서 내렸다. 계단을 오르고 있는데 계단 중간에 3살쯤으로 보이는 남자아이와 아이의 엄마가 서 있다. 아직 말이 서툰 아이의 몸이 보통 아이들과 다르게 조금 불편해 보였다. 땡깡을 부리는 것처럼 보이기도 하고, 혼자 오르고 싶다고 애원하는 듯 보이기도 했다. 아이의 엄마는 아무런 말 없이 아이가 계단을 오르다 뒤로 구를까 뒤를 막고 있는 것으로 보였다. 계단을 천천히 오르는 그 모습을 보자 코가 알싸한 겨자 한 입을 베어 문 듯 찡했다. 눈을 뜨고 물속에 잠긴 듯 눈앞이 탁해졌다. 가지가지 한다는 말이 내 입에서 구간이 반복되는 노래처럼 흘러나왔다. 시간에 맞춰 일을 겨우 끝내고 집까지 걸었다. 알 수 없는 감정의 출처를 찾고 싶었다.

5주 차 강의를 들으러 가는 기차 안이었다. 책도 읽히지 않는 상황. 블로그를 열었다. 호호예도맘님의 글이 업로드되어 있었다. 김필원 아나운서의 세바시 강의가 있었다. 동영상 잘 보지 않는데 '지금 그대로 괜찮아'라는 제목에 끌려 재생버튼을 눌렀다.

신의 한 수 같은 동영상. 알 수 없는 이 기분은 내가 알아주지 않은 나에게서 울리는 외침 같았다. 힘들었지만 '괜찮아'로 일관하며 내 마음을 몰라준 것이 화근이었다.

"그래, 나 힘들었어."

이 짧은 말로 나를 알아주는 것이 왜 그토록 어려웠는지. 돈이 목적이었던 경험 속의 나를 봤는데, '무조건 괜찮아'라며 넘어가는 것은 독이었다. 상황을 읽어주는 것이 먼저였다.

'엄마는 나보다 더 힘든데 이 정도는 괜찮아.'

'다 어려우니 이 정도는 기본이야.'

'다들 이렇게 사는데 너만 힘들다고 아우성이야.'라고 할 것이 아니었다.

'엄마도 힘들겠지만 나도 힘들어.'

'모두가 어렵게 산다고 해도 나는 좀 벅차.'

'다들 비슷하게 살지만 나는, 힘들게 느껴져.' 하며 그 당시의 상황을 읽어주자 3주 차 수업 후 지하철 계단을 오를 때의 울컥함이 다시 떠올랐다. 두 가지였다. 하나는 '엄마는 저런 상황이었을 때 기다려주었나?', 다른 하나는 '지금 우리 아이들에게 기다려주고 있는가.' 그리고 제대로 걷지 못하던 그 아이에게서 아빠를 보았다. 반신불수의 몸으로 절뚝거리며 운동을 다닐 때, 하얀 고무신을 신은 남동생이 아픈 아빠인 줄 모르고 그걸 똑같이 따라 걷던 기억. 아빠를 따라 걷는 남동생을 보며 안부를 묻는 이웃이 웃었다. 웃긴가? 살갗이 벗겨진 피부처럼 마음이 쓰라렸다. 그때의 마음을 알아주니 마음이 한결 편해졌다. 이렇게 또 알게 되는구나. '살아가면서 중요한 것을 40대에 알게 되다니!'라는 마음을 가졌다가, '어이쿠! 50대, 60대가 아닌 40대에 알게 되어 정말 다행이다.' 했다.

'엄마의 인생설계도' 수업을 마치며 하고 싶은 일의 방향성이 나왔다. 강의를 들으면 내게 딱 맞는 일이나 나의 꿈은 '이것이야!' 하며 나타날 줄 알았다. 애초에 잘못된 마음가짐이었다. 강의를 마칠 때쯤 마음을 돌보는 일이 하고 싶어졌다. 나처럼 자신을 홀대하고 살아온 사람이 비단 나 혼자일 리 없다. 마음을 돌보는 것도 인식하고 있지 않으면 어렵다. 남은 시간 동안은 나를 내버려 두는 것이 아니라 나를 돌보며 살고 싶다. 돌보지 못한 시간을 반성하는 반성문처럼. 또한 나를 위하는 일이 곧 타인을 위하는 길임을 알고 있으니까.

주위 사람들이 내가 취득한 자격증으로 심리상담사를 할 것이냐고 물었다. 공부를 해보니 이 실력으로 심리상담사를 하는 것은 무리라 판단했다. 그럼 무엇을 할지 물었다.

지금 할 수 있는 것!

04
삶을 바라보다

2017년 7월 말 한 팀으로 10년을 함께한 법무사 사무실에서 퇴사했다. 사무장님과 초기에 팀을 이루었던 직원 중에서 나 혼자 남아 있었는데, 이젠 정말 다 흩어지는 거다. 사무실의 일감이 줄어들어서다. 손발이 척척 맞아떨어져 같은 업계 일을 하는 사람들의 부러운 눈길을 받았다. 최종적으로 남은 사무장님, 임 대리, 박 대리, 나, 이렇게 4명으로 팀을 꾸리기에도 사무실 재정은 벅찼던 모양이다. 눈에 띄게 일이 줄어서 걱정했다. 핑계거리 만들지 않으며 욕심내어 내 것처럼 열심히 일했다. 그래서 안타까웠다.

심리상담 공부를 만나 변화하던 시기였다. '일을 그만둔다면 바로, 지금이야!' 하며 시기를 알려주는 일이 생겼다. W가 초등학교에 입학을 하고 여름방학이 다가오는 시기. 학교에서 공사 하게 되어 이러쿵저러쿵하며 돌봄교실 이용에 관한 조사서를 보내왔다. 맞벌이를 하는 입장이라 당연히 이용에 체크를 하고 보냈다. 며칠 뒤 학교에서 돌봄교실을 담당하는 선생님에게 전화가 걸려왔다. W를 포함해서 돌봄교실을 신청한 아이가 5명이다. 학교 공사 부분을 이야기하고 아이가 위험에 노출되며 나쁜 공기를 마실 수 있는 부분에

대해 설명했더니 신청한 아이 4명의 부모님이 전부 보내지 않겠다고
했단다. 만약 W가 돌봄교실을 이용한다면 혼자 있어야 할 수도 있
는데 괜찮겠는지를 물었다.

"물론, 안 괜찮아요. 하지만 방법이 없는걸요."

그러자 돌봄 교실도 공사를 해야 하기 때문에 학교 등나무 벤치에
서 아이가 지내야 할 수도 있다고 한다. 어처구니가 없긴 했지만 방
법이 없었다. 그렇게도 아이를 봐줄 사람이 없냐고 했다. 하루이틀
도 아니고 돌도 지나기 전부터 어린이집에 간 W이다. 날 아프게 할
생각이라면 그만해. 내게 전화를 건 사람은 선생님이 아니었다. 돌
봄교실 이용을 저지시키려는 악마였다. 서글펐다. 돌봄 선생님까지
전화를 걸어 볶아대는 통에 뱃속에서 낳은 아이 하나 건사하지 못
하는 죄인이 된 기분이 들었다. 아이 돌보미 신청을 한 상태고 기다
리고 있다고도 설명했다. 하지만 고민은 계속 이어졌다. 변화의 불
씨에 큰 불을 지핀 것이 아이였기 때문이다.

삶은 잘 산다는 것은 무엇일까? 두 번의 출산을 거치면서도 놓지
못했던 직장이다. 출산으로 일을 쉬면 나도 사라질 것 같은 두려움이
있었다. 일중독은 불안과 두려움으로 만들어졌다. 물론 인정받고 싶
은 욕구도 한몫 단단히 했다. 행복인지 불행인지는 시간이 흘러봐야
안다고 했다. 불행처럼 다가온 일에 올바른 선택을 하고 싶다. 내가
할 수 있는 건 최선을 다해서 해야겠다는 생각으로 가득 찼다.

업무 카톡으로 '할 이야기가 있으니 저녁에 시간을 맞춰 봐라.'던
사무장님의 말씀 때문에 모인 저녁이다. 식사는 사무장님의 누님이

하는 미역국 집에서 먹었다. 밥을 먹고 근처 스타벅스로 자리를 옮겼다. 궁금하니까 얼른 이야기해보라는 직원의 독촉으로 사무장님이 입을 열었다. 사무실 매출이 많이 줄어서 인원을 한 명 줄여야할 거 같다고 했다. 하…. 예상은 했지만 당황했고 야속했다. 우리가 1~2년 본 사이도 아니다. 사무실 살림이야 내가 오랫동안 해본 경험이 있어 힘들 것 같다 짐작은 했다. 사무장님이 우리가 이렇게 어려운데 좋은 방법이 없을지를 물어봐주었다면 얼마나 좋았을까. 함께 일한 세월이 강산이 변할 정도 아닌가. 한 명을 줄여야 한다는 말은 통보라 여겨졌다. 10년 가까이 일하며 사람이 들고 나는 자리를 보는 것은 쉽지 않았다. 오지라퍼 성향인 나는, 술 마시면 다음 날 결근하는 직원이 퇴사했을 때도 마음 한구석이 저려왔다. 사람이 난 자리는 아주 컸다. 게다가 임 대리는 사무장님의 조카다. 내가 사표를 쓰지 않으면 7년이나 함께 지낸 사무실 동생과의 보이지 않는 전쟁이 시작되는 것 아닌가?

친언니는 자주, 인생에는 타이밍이 있다고 내게 말해왔다. 지금이 바로 그 타이밍인가보다. 주말을 보내기 전에 사무장님께 회사를 퇴사하겠다는 카톡을 보냈다. 이유 중 하나는 W의 여름방학이 곧 시작되는데, 학교 공사 문제로 돌봄교실을 운영하지 않으려 하는 학교의 마음을 읽었기 때문이다. '그만하면 되었다'는 마음의 울림이 들리기도 했다.

출근했더니 사무실 동생도 주말에 퇴사하겠다는 카톡을 보냈다고 했다. 사무장님을 제외한 직원은 3명이지만, 실제로 대상은 둘로 좁혀진 거나 다름이 없었다. 사무장님은 사람을 줄이자는 말을 하고 직원 둘이 그만두겠다고 말한 뒤부터 점심 약속을 이유로 함께 점심 먹는 걸 피했다. 실제로 약속이 있었는지는 모르겠다. 10년 동안 업무 외에 별다른 점심 약속을 잡지 않으시던 사무장님의 평소 행실로 보아 피한다는 생각이 들었다. 점심을 먹던 임 대리의 말.

"우리가 방법을 생각해서 사무장님께 말씀드리면 안 될까요?"

"H씨, 사무장님이 방법을 이야기하자고 한 것이 아니고 퇴사할 사람은 말해달라고 한 거예요. 여태껏 보낸 세월이 있어 솔직히 서운하기도 해요. 그런데 내가 사무장님 옆에 가장 오래 있었던 사람이예요. 그동안 퇴사한 사람들 보며 마음이 많이 아팠어요. 이젠 그만 아프고 싶어요."

"아! 네…"

"우리 더 이상 퇴사이야기는 하지 말아요."

이번엔 꼭 퇴사해야겠다고 생각했다. 일 한다는 핑계를 들먹이며 아이들에게 소리 지르고 빨리 챙기라며 윽박질렀다. 조금 더 늦기 전에 사람답게 살겠다고 마음먹었다.

돈이 중요하다는 생각에는 변함이 없다. 돈이 없으면 사람답게 살수 없다고 생각했다. 그럼에도 긴 세월 아니지만 살아보니 사람답게 사는 건 돈이 전부가 아니었다.

사무실 동생도 퇴사를 하겠다는 생각에 변함이 없었다.

"너도 알다시피 언니가 거절을 잘 못하잖아. 네 생각도 확고한 것 같지만 언니가 먼저 퇴사할 수 있게 좀 도와줘. 언니, 이번엔 꼭 퇴사하고 싶어."

사무실 동생에게 부탁해서 10년 동안 함께한 사무실, 2003년부터 시작한 법무사 사무원이란 타이틀을 내려놓았다.

박봉이었지만 그래도 꼬박꼬박 들어오는 월급이 없으니 구멍 난 양말처럼 휑한 마음이 들었다. 돌아보면 아쉬울 것 없을 만큼 최선을 다해 살았다. 이제부터 나를 위하는 길이 무엇인지 찾아봐야겠다. '퇴사'라는 큰 결단을 내린 것이 불행이 될지 행복이 될지는 '나'에게 달려있다는 것을 안다. 삶은 원치 않는 곳에서 시작되는 마력을 가졌나 보다.

준비하시고, 남은 인생을 향해서 쏘세요!

05
나에게 묻는다

뜬금없이 언니의 입원 소식을 듣게 되었다. 컵을 잡았는데 떨어지는 일이 반복되고 몸에서 힘이 빠져서 부산의료원에 갔단다. 검사해서 결과를 알려줘야 할 의사들이 자기 병원에선 진단을 내릴 수가 없으니 큰 병원으로 빨리 가보라고 해서 급히 부산대학병원에 왔다고 했다. 집을 비우니 아이들이 걱정된다며, 힘들어도 언니네 들러서 조카들 반찬이라도 챙겨달라는 당부였다.

무슨 일이지? 갑자기 무서워졌다. 아무렇지도 않은 척하며 며칠을 보내고 주말에 병원으로 갔다. 언니의 병명은 '모야모야'. 희귀병이라고 한다. 아무 말도 할 수 없었다. 며칠 사이 반쪽이 된 형부의 얼굴과 턱밑에 자란 수염에 보통 일은 아니란 건 짐작할 수 있었다.

모야모야병이란 대뇌로 들어가는 양측 속목동맥(내경동맥)의 끝부분, 다시 말해 앞대뇌동맥(anterior cerebral artery)과 중대뇌동맥(middle cerebral artery)의 시작 부분이 점진적으로 좁아지거나 막히고, 이로 인해 좁아진 동맥의 인접 부위인 뇌기저부에 가느다랗고 비정상적인 혈관들이 자라나는 뇌혈관질환이다.

비정상적인 혈관에 혈류공급이 되지 않거나 막혀서 터지는 경우 목숨이 위험하다고 했다. 수술을 해야 한다고 하는데 머리 여는 수술을 부산에서 한다고 하니 마음이 찝찝했다. 장비도 좋아야 하고, 무엇보다 의료진의 경험도 중요할 것인데…. 아무래도 부산보다는 서울이 월등할 것이란 생각이 들었다.

2014년 10월 말. 신은 해도 해도 너무하다는 생각이 들었다. 어린 시절 고생했음에도 떵떵거리며 호화롭게 살기는커녕 고통스러운 병까지 주는 건 불공평하다고 생각했다.

2015년 1월. 서울대학병원에 수술 날짜를 잡자 언니는 입대하는 소년마냥 머리를 짧게 잘랐다. 콧물과 눈물이 났다. 그 와중에 새끼 걱정하느라 밥 이야기와 반찬이야기 하는 언니를 한 대 때려주고 싶었다. 아웅다웅 거리고 툴툴거리기 일쑤였는데 이 마음은 뭐지? 내 꼴이 우습게 느껴졌다.

다행히 수술도, 회복도 잘되어 언니는 집으로 돌아왔다. 언니가 부산대학병원 입원했을 때 의사들이 연구하려고 가족 중에 아픈 사람은 없는지, 가족관계는 어떻게 되는지 등을 질문했단다. 동생이 머리가 자주 아프고 일반 진통제로는 듣지 않아 신경외과를 다닌다는 이야길 했더니 의사가 "여동생이죠?" 하고 물었다고. 그러면서 나한테 꼭 시간을 내어 뇌 검사를 받아보라고 전해달라 했단다.

내 머리 통증은 참을 수 없을 만큼 고통스럽다. 일상생활이 어려울 정도다. 일단 통증이 시작되면 고통이 찾아오는 간격도 일정하다. 이 정도 시간이 지나면 통증이 온다는 걸 알아서 몸에 힘이 들어갔다. 통증 때문에 잠을 잘 수도 없다. 신경외과 약도 처음엔 이틀 정도 복용하면 통증이 잡혔는데, 간격이 넓어졌다. 언니의 병도 알게 되었고, 병원에서 동생도 꼭 검사를 받아보게 하라고 했다니 이번엔 꼭 검사를 받아봐야지 생각했다. 휴가 기간을 이용해 신경과 진료를 잘 본다는 봉생병원을 찾아갔다. 겨우 기다려 진료를 받는데 의사의 몸이 의자에 널린 빨래 같다는 착각이 들 정도로 뒤로 젖혀져 있었다. 불쾌함을 숨기며 아빠의 중풍 이야기를 꺼내자 중풍은 유전이 아니니 신경 쓰지 않아도 된단다. 또한 우리나라 대부분의 주부들은 두통을 가지고 산다며 슬쩍 웃었다. 자리를 박차고 나가고 싶은 마음을 눌렀다.

"언니가 모야모야병으로 얼마 전에 수술을 받았어요. 진단 내린 병원에서 동생도 자주 머리가 아프다는 이야길 했더니, 꼭 병원 가서 검사를 받아보라고 했데요."

말이 채 끝나기도 전에 화들짝 놀라며 자세를 고치는 의사 덕분에 함께 놀랐다.

"언니분이 모야모야병이고, 여동생이신데 머리가 많이 아프시다면 처음부터 큰 병원에 가서 검사를 받아 보는 게 좋겠다고 생각합니다. 모야모야병에 유전은 없다고 알려져 있습니다. 하지만 대부분 가족력이 있고, 언니가 모야모야병이면 여동생의 경우 같은 병을 가지고 있을 확률이 높습니다. 소견서가 있으면 대학병원에 가서 검사를 받을 수 있으니 소견서를 써드릴게요."

여기서 검사를 받아보고 좋지 않으면 큰 병원을 가겠다고 이야길 해도 손사래 치며 비용도 비싸니 두 번 일하지 말고 그냥 큰 병원으로 가시라며 나를 설득했다. '참나, 의사가 왜 이래?' 하는 마음으로 소견서를 들고 병원 문을 나서는데 땅속으로 빨려 들어가는 기분이다. 무섭다.

머리 통증으로 이미 어떤 병이든 있다고 확신했을까? 병원에 가는 내가 도살장으로 끌려가는 소처럼 느껴졌다. 대학병원을 예약했지만 사무실 일이 바빠 미루다 결국 취소한 적도 있었다. 남편의 걱정도 크고 마침 머리 통증도 있어 꼭 검사받자 하는 마음이 들었다. 예약해서 진료를 받았는데, 검사를 해봐야겠다고 했다. 검사 날짜를 잡고 MRA 검사를 진행했다. 보호자가 있어야 한다고 하는데, 병원에서 없어도 가능하다고 해서 혼자 갔다. 막힌 장소에서 숨을 못 쉴 때가 한 번씩 있어서 검사가 걱정되었지만 다행히 잘 끝났다. 검사를 마치고 나니 마치 아무것도 없었던 일처럼 다시 일상이 이어졌다.

사무실에서 1박 2일 일본여행을 계획하고 있었는데, 떠나기 이틀 전에 병원에서 전화가 왔다. MRA검사에서 뇌동정맥 기형 소견이 보이는데 진단하려면 뇌혈관조영술 검사를 받아야 한다고 했다.

"헉…!"

'세상이 무너진다.'

이럴 때 쓰라고 만들어진 표현이 아닐까. 불안과 두려움이 함께 엄습했다. 어떡하지? 직원들은 괜찮을 거라고 했다. 여행 잘 다녀오면 되니 걱정하지 말라고 했다. 이제 6살, 3살 된 두 아들 녀석은 어떻게 하지? 2박 3일 입원해야 하는데 토요일, 일요일을 넣을 수 없다고 한다. 조그만 사무실에서 내가 빠지면 다른 직원들이 고생이다. 사무장님은 다른 직원들을 달달 볶을 것이다.

"꿈아야, 사람이 먼저다. 내가 봐줄게. 우리 집으로 보내."라고 말해주는 이웃이 있어서 용기를 냈다.

그래, 아파서 죽으면 그만인데 무슨 부귀영화를 누릴 것이라고.

드디어 검사를 위해 입원했다. 병실을 배정받고 병원복으로 갈아입으니 환자 같다. 몇 가지 검사를 하고 병실로 돌아오니 간호사가 밖으로 불렀다. 첫 검사 사진을 보여주며 문제가 보이는 부분을 손가락으로 짚으며 설명해줬다. 기분이 묘하다.

병실로 돌아왔는데 1초가 1시간처럼 흐른다고 느껴졌다. 뇌혈관 조영술 후에 말을 못하는 사람, 사고가 안 되는 사람, 몸을 움직이지 못하는 사람도 있다는데…. 겁이 난다. 이 검사를 하다가 잘못되면 우리 아이들은 어쩌지? 엄마가 없으면 추억이라도 있어야 하는데, 우리 아이들은 엄마를 어떻게 추억할까. 숨이 막힌다. 야단치는 엄마. 잘못하면 매를 드는 엄마. 무서운 엄마. 내가 잘못했다 생각한 것들이 두서없이 떠올랐다.

검사하는 날, 침대에 누운 채 검사실로 옮겨지는데 병원 복도 천장에 있는 형광등이 이토록 싸늘했던가. 빛을 내는 형광등이 차가웠다. 입장. 무서웠다. 많은 사람이 있어 더욱 긴장됐다. 사타구니에 도관이 들어갈 피부 1㎝ 정도를 절개한 뒤 혈관 속에 도관을 넣고 조영제를 주입해서 촬영. 조영제가 주입되는 순간 나도 모르게 움찔움찔 눈을 감았나 보다.

"움직이지 마세요. 그리고 눈도 감지 마세요. 다시 촬영해야 합니다."

아~ 나쁜 놈들. 너희들도 고통을 알 것 아니냐. 움직이지 말라고? 나도 모르게 움찔하는 걸 어떻게 참지? 하는 찰나 약물이 얼굴 앞쪽으로 퍼졌다. 얼굴이 순식간에 뜨거워져 움찔. 암전이 되었다 번개가 쳤다가 정신이 하나도 없었다. 세상에나. 내가 지금 살아있는 건 맞을까? 불구덩이 속에 떨어진 기분이다. 불에 타 죽으면 이런 기분이 들겠다. 이대로 죽어도 모르겠다 싶을 때쯤 끝났다고 했다.

허벅지 지혈을 해주는 쌤이 들어와 한참을 있다가 말을 건넨다.

"너무 걱정하지 마세요. 심각해 보이진 않아요." 그 말에 고개를 돌려 "그래요?" 했더니 "안 좋은 곳이 여러 군데 있지만 지금 당장 손을 써야 할 정도는 아닌 것 같아요. 그러니 너무 걱정 마세요."

"네! 감사합니다. 정말 감사합니다."

얼마나 죽을상을 하고 있었던 걸까. 물어보지도 않았는데 먼저 이야기해주신 걸 보면. 병실을 나오는데 아픈 것이 순식간에 사라지는 듯했다. 걱정 한보따리 짊어진 남편에게 "너무 걱정은 하지 않아도 된다고 해요." 하며 히죽 웃는데 침대를 끌어주시는 분이 와서 "와~ 안 힘들었어요? 조영술 받으면 많이 힘들어하던데, 쌩쌩하시네요." 했다. 침대에 누워 병실 복도 형광등을 다시 지나쳐 병실로 돌아왔다. 여길 들어올 때처럼 집으로 무사히 돌아간다면, 예전처럼 살지 않을 것이라고 다짐했다.

내 변화의 두 번째 계기.

하지만 아주 강력하게 작용했다.

제5장

나의 행복을 위하여

:

01
조금은 이기적인 삶이 되기로 했다

늘 생각만 하다 그만두는 일이 많았다.

'할 수 없을 거야.'

이 생각을 단번에 바꾼 건 2016년 우연히 가게 된 우리 가족의 일본여행이다. 법무사 사무실에서 사무장님이 직원들과 함께 1박 2일로 배를 타고 유후인 일본여행을 시켜주었다. 신혼여행을 제외하고 처음으로 가본 해외여행이었다. 결혼하고 8년이 지나서 맞이한 여행. '내 가족과 함께 오면 참 좋겠다.'는 생각이 많이 들었다. 그 생각을 사무실 동료 H에게 했다. 여름 휴가 이야기로 꽃을 피울 때 H가

"꿈아 씨, 지금 에어부산으로 일본 가면 4명 비행기 값이 50만 원도 안 돼요."

하는 거다.

"그럼 싼 거예요?"

"그럼, 엄청 싸지."

"그래?"

"이번 기회에 일본 가족여행 다녀오는 거 어때요?"

결정 장애 수준인 내가 "서방님께 물어봐야 해." 했더니

"지금 물어봐. 이게 기회일 수도 있잖아." 하는 거다.

내친김에 한다고 뭔가에 홀린 듯 전화했다.

"서방님, 일본 자유여행으로 가는 거 어때?" 했더니 막 웃었다.

"아니 웃지 말고 빨리 말해. 지금 비행기 표 예매 잡아놓고 서방님이 오케이 하면 결제할 거예요."

"나야, 좋지."

"응, 일단 끊을게."

그렇게 비행기 표를 예매하며 여름휴가 준비가 시작됐다. 숙소를 잡아야 하는데 아이들이 있어 호텔로 하려니 가격이 너무 비싸다. 날짜는 하루이틀 흐르고 말라 죽을 거 같았다. H에게 상황을 설명하며 도움을 요청했고, 이야기를 나눠본 결과 후기도 좋은 에어비앤비 숙소로 결정했다.

"여행에서 가장 중요한 것이 비행기 티켓과 숙소인데 그것이 다 결정되었으니 꿈아 씨 여행 준비는 끝났어요."라고 말하는 H 덕분에 한결 마음이 편안해졌다. 가보지도 못한 오사카에 대해 공부하느라 검색하고, 블로그를 읽고, 갈 곳을 정하느라 분주했다. 여행 날짜가 다가오자 주변에서 아이들과 함께 가는 자유여행이라고 말들이 많았다. 최소한의 짐으로, 유모차도 가져가지 않겠다고 했더니 다들 입을 모아 내게 걱정이라고 했다.

"아~ 네~." 했지만 속으론 걱정이 되기도 했다. 국내 여행도 제대로 못해봤는데 아이 둘 데리고 해외로 가려니 어찌나 떨리던지. 회사 직원들이 국제 미아 되는 거 아니냐며 떠나는 전날까지 걱정했다. 우리 가족을 걱정하는 마음은 알지만 한두 번이 아니라 그만 듣고 싶기도 했다. J는 "으이구~! 애들 데리고 여행가는 게 얼마나 힘든데. 안 봐도 훤하다."며 혀를 찼다.

"패키지도 아니고 자유여행을 간다고?"

간 큰 짓을 한다며 모두가 입을 모았지만, 가족이 함께 가는 첫 여행에서 시간 때문에 아이들을 나무라는 행동은 하고 싶지 않았다. 그래서 내린 선택이다.

여행 당일. 가족과 함께 비행기를 탔다는 사실 하나에 행복이 밀려들었다. 조그만 일에도 불안을 느끼는 내 마음도 가족과 함께라는 사실에 쏙 들어갔다. 순간, '아~ 이렇게 행복을 느껴도 되나?' 하는 생각까지 들었다. 비행기가 움직이자 입 꼬리가 근질거리며 피식피식 웃음이 새어 나왔다. 아이들이 어릴 적부터 자주 병원을 들락거리며 국내 여행을 계획했다 취소하기를 여러 번 반복했다. 그래서 여행이란 건 우리에게 맞지 않다고 믿어버렸다.

그렇게 쏙 들어간 불안은 간사이공항이 다가올수록 고개를 내밀고 나왔다. 이번 여행은 내가 계획했다. 잘해야 한다는 의무감과 책임감이 엄청난 무게로 나를 눌렀다. 서방님은 블로그 본 걸로 여행책을 낼 수도 있겠다며 놀렸다. 아이들에게도 미리 설명했다.

"엄마하고 아빠도 일본 오사카는 처음이야. 대한민국은 한글을 사용하지만 일본은 일본말을 사용해. 엄마 아빠는 일본말을 사용할 줄 몰라. 그래서 너희들이 아무 데나 가버리면 엄마 아빠가 놀라서 울며 '우리 W, M 못 봤어요?'라고 물어도 일본 사람들은 우리나라 말을 못하니 알아듣지 못해. 너희들을 봤어도 말을 알아듣지 못하니까 엄마 아빠에게 알려줄 수가 없어. 그러니 우리는 짝지를 정하고 짝지랑 꼭 손을 잡고 다녀야 해. 어른 한 명과 아이 한 명이 짝지가 되는 것이 좋겠어."

아이들은 대답 대신 머리를 끄덕였다. 일본 지하철은 잘 되어 있지만 환승이 시작되자 멘붕 상태에 빠졌다. 긴장한 탓도 있겠지만 환승역으로 들어와 지하철 표를 끊어 타는 현지인을 보고 다시 표를 끊어야 한다고 생각하면서 꼬여 버렸다. 20분 넘게 그 자리에서 헤맸다. 청소하는 아주머니에게 물어봤는데, 그분은 에어포트 티켓이란 말을 반복했다. '지하철을 말하는데 비행기 표는 왜?' 하며 어리둥절했다.

시간이 지나고 나서야 아주머니의 뜻을 알아차렸다.

"너는 환승인데 공항에서 표 안 샀니?"

이런 뜻이었다. 바보처럼 환승이니 다시 타면 되는데. 결국 창구를 찾아서 헤매고 역무원과 영어 단어와 바디 랭귀지로 겨우 소통하다 공항서 끊은 티켓을 보여주니 그걸로 타면 된다는 답변을 들은 허무한 이야기. 그렇게 어렵게 찾아간 지하철에서 왼쪽 행인지 오른쪽 행인지 몰라서 또 영어 단어와 바디 랭귀지가 출동했다. 재미난 것은, 그렇게 해도 소통이 된다는 것이다.

지하철에 탑승해서 창문으로 비치는 얼굴이 시커멓다. 도착역에 내려서 숙소를 찾아갈 때까지는 안심이 되지 않았다. 구글 지도 하나에 4명의 목숨(?)이 걸렸다. 과연 숙소에서 잠을 잘 수 있느냐 없느냐가 달린 문제니까. 아직 숙소를 찾지도 못했는데 하늘은 무심하게도 빗방울을 떨어뜨렸다.

올레! 드디어 숙소에 도착했다. 여행을 마치기 전에 깨닫게 되었다. 블로그를 천 번, 만 번 보는 것보다 한 번 부딪혀 보는 게 낫구

나. 세상은 모양이 정해진 퍼즐처럼 딱딱 맞아떨어지는 것이 아니다. 무엇이든 한 번에 완벽하게 해내기 위해 쓰는 시간이 너무 많았다. 너무 무지했다.

낯선 곳에서는 가족끼리 똘똘 뭉칠 수밖에 없다. 그래서일까. 아이들도 생각보다 너무 잘 따라줬다. 힘들다고 하면 업기도 하고 쉬어가기도 하며 우리만의 보폭을 만들었다. 힘들면 "쉬어가요."라고 말을 하라고 계속 주지시켰다. 큰 녀석이 힘들다며 쉬어가잔다. 바닥에 좀 앉으라고 했더니 그 정도는 아니라며 어쩡쩡한 자세로 허리를 굽히고 자신의 팔을 무릎 위에다 얹고는 쉬었다.

"옷 버려도 괜찮아. 바닥에 앉아서 편하게 쉬어." 했더니 "괜찮아요." 한다. 나도 모르는 사이에 몇 뼘은 자란 아이들이 그곳에 있었다. 믿음이 생겼다. 이렇게 규칙을 잘 지키는지 몰랐다며 칭찬도 잊지 않았다.

일본 여행을 성공리에 마치고 집으로 돌아오자 아이들만 자란 것이 아니라 나도 자랐다. 믿음도 기회를 만들어야 한다. 미루지 말자. 일단 시작해서 부딪혀보자. 이런 마음을 먹는다고 해서 단박에 모든 일이 내 마음먹은 것처럼 척척 돌아가지 않는다.

하지만 그 마음을 놓치지 않으면 그 방향으로 흘러가는 것쯤은 알게 되었다.

서방님과 나는 일본 여행 후 경험이 주는 가치에 대해 많은 이야기를 하였다.

힘들게 살아온 엄마의 상황을 알기에 놀러 가는 것도 마음이 편치 않았다. 놀러 가는 것이 마음 한편으론 꼭 엄마에게 죄를 짓는 기분이 들었다. 엄마는 70이 넘도록 가고 싶은 곳에 제대로 한번 놀러 가지도 못했고, 아픈 아빠의 병원비와 약값을 벌고 아이 셋을 키우느라 인생이 다 가버렸다고 생각했다. 엄마의 삶과 나의 삶을 구분하지 못하고 동일시했다. 1박 2일 여행이라도 갈라 치면 엄마가 노골적으로 짜증을 낸 적도 있다. 엄마가 여행 한 번 못가보고 힘들게 살았다고 해서 내가 똑같이 살아야 하는 것은 아니다. 나 자신과 건강한 관계이고 싶다. 여태껏 엄마를 향한 마음을 나도 모르도록 꼭꼭 숨겨서 쉽게 찾을 수가 없었다. 심리상담을 공부하며 조금씩 그 마음을 풀고 있다. 너무 갑작스럽게 풀어지면 나도 놀라 뒤로 자빠질까 조금씩 그 문을 열고 있다. 고마운 것은 고맙다고 말하며 감정을 표현해서 건강한 관계를 만드는 것에 노력한다. 돌아보니 엄마가 엄마의 입으로 "안 돼."라고 한 건 몇 개 없었다. '이런 걸 어떻게 말해?' 하고 망설이던 내가 있었을 뿐이다.

결혼하며 생각했다. 가장 작은 원으로 표현할 수 있는 우리 가족이 편안하고 화목하다면, 그 원을 포함하는 조금 더 큰 원은 자동으로 편안해지지 않을까. 그 더 큰 원이 나의 부모님과 서방님의 부모님이 되지 않을까. 최소 단위의 원이 안정되지 않으면 제대로 된 원이 나올 수 없다. 이렇듯 최소 단위의 원이 안정되고 편안하려면 내가 '나'를 이해하고 알아야 하는 것이다. '도대체 나를 이해 한다는 게 뭔데?'라고 묻는다면, 살아가기에 바빠서, 또는 남편과 아이들 챙기느라 밀쳐두었던 나를 돌보는 것이다.

돈을 들여서 나만을 위한 물건을 사라는 이야기가 아니다. 재미있는 현상이, 나를 이해하기 위해 내 마음을 돌보다 보니 타인은 자연스럽게 이해가 되더란 거다. 자신에게 너그러워지자 타인에게도 너그러워지는 나를 발견한 것이다. 참 신기한 현상이었다. 또 노력만으로는 고쳐지지 않던 남의 시선에 좌우되지 않기가 여행을 하며 나아지고 있다. 그렇다고 여행 가서 몹쓸 짓을 하고 돌아다니지는 않는다. 그곳에 있는 사람들을 보며 자연스레 배우게 된다.

나의 행복을 먼저 찾는다는 것이 이기적이라 할 수도 있겠다.

그러나 조금은 이기적인 삶을 살기로 했다.

02
내가 행복하면 온 세상이 행복하다

불평불만은 있는 편이다. 자칫 남의 뒷이야기가 되기도 했다. 도대체 저 사람은 왜 저렇지? 이해할 수가 없다며 가까운 사람에게 답답함을 토로했다. 친언니는 상대에게 직접 불만을 이야기하라고 했다. 직접 말할 용기가 없는 줄만 알았다. 착각이었다. 심리상담을 공부하며 시작된 건 나에 대한 공부다. 물론 지금도 현재진행형. 현재의 나는, 과거의 내가 만들었다. 그래서 과거를 알아야만 한다. 그리고 미래의 나는 현재의 내가 만든다. 너무 당연해 보이는 이치지만, 늘 상기시키지 않으면 잊어버린다. 당장 급급해 보이는 것에 밀려서. 나를 향하고 있어야 할 내면의 눈이 내가 아닌 타인을 향하고 있었다. 나는 어떤지 보지도 못할뿐더러, 볼 기회가 있어도 멀리했다. 결국 나를 닮은 타인을 보며 불만을 토로했던 것이다. 바깥으로 향한 눈을 나에게로 돌려놓자 제일 먼저 나를 찾아온 감정은 부끄러움이었다.

경험하지 못한 것에 대해 싫은 소리 하기. 타인의 멋짐 폭발을 제대로 인정하지 않기.

휘트니스센터에서 에어로빅을 함께 하는 언니가 씻고 다 챙긴 다음 어떤 약을 먹다 눈이 마주쳤다. 운동 시작 전 선생님께 배운 운동을 연습을 함께 했더니 친근감이 들었는지 말을 걸어왔다.

"나는 위장이 너무 안 좋아서 약을 먹어야 된데이~."

'아, 네~' 하며 말을 끝낼 수도 있었지만 "그래요?" 하며 되물었다.

"응."

"언니, 병원에서 위가 안 좋다고 하던가요?"

"아니, 검사하면 내 위는 너무 깨끗하고 예쁘다고 의사가 말한다."

"언니, 섬세하죠?"

"어? 응~. 내가 좀 소심하다."

"아니요, 섬세하실 거 같아요."

"나 성격이 소심한 편이다."

"아이~ 언니는? 섬세한 거예요. 하하하. 다른 사람 너무 생각하지 말고 언니 생각 많이 하세요."

"내 생각 많이 하는데~."

"내일 봐요."

인사를 건네며 집으로 향한다.

어른이 되고 나서 체하는 횟수가 잦았다. 체하고 내려가고를 반복한 시기 중에서 가장 심했던 때는 법무사 사무원으로 일할 때다. 심할 때 한 번 체한 것이 두 달 동안 지속된 적도 있다. 주변의 권유로 위 내시경 검사를 받았다. 염증소견이 있긴 했지만, 큰 문제는 없었다. 이유를 찾을 수 없는 증상이 계속되니 미치고 팔짝 뛸 지경이었다. 실제로 뛰기도 했다.

뒤꿈치만 바닥에 쿵쿵 내리치면 좋아지더라는 민간요법. 엄지와 검지 사이를 아픔이 느껴질 정도로 꾹-꾹- 누르기. 딱풀로 명치끝을 누르기 등등….

이런 걸 해도 잠깐 호전되는 느낌이지만 소용이 없었다. 오죽하면 사무실에서 법원 가는 길에 매점에서 한턱 쏜다는 말을 하며 직원들에게 뭐 사줄까를 물을 때 "꿈아 씨는 트래비?"라고 했을 정도다. 까스활명수는 박스 채 사다 놓고 먹었다. 정해진 용법이나 용량은 필요 없다. 트림이 나면 길어진 손톱만큼의 편안함을 느낄 수 있으니까, 아침, 점심, 저녁으로 먹었다. 내가 살고 봐야 할 것 아닌가. 일하며 버틸 수 있을 만큼만 먹은 적도 있고 굶은 적도 있지만, 기운만 빠질 뿐 체기는 사라지지 않았다.

위 내시경을 해봐도 소용이 없자 서방님도, 나를 아끼는 지인들도 참 이상하다며 한소리씩 했다. 월급쟁이를 그만두고 파트타임으로 일하자 지난 시간들이 더 선명하게 보였다. 전쟁 같던 아침도 아주 고상하다 싶을 만큼 바뀌었다. 9시까지 출근해야 할 회사가 아니니 빨리 가자고 윽박지를 일이 사라졌다. 가장 큰 스트레스를 안겨주던 출근 전쟁이 사라진 것이다. 지난 시간을 돌아보며 상황이 나빴지 내가 그토록 나쁜 엄마는 아니라고 생각하게 되었다.

퇴사 후 어느 날, 저녁마다 등을 눌러주느라 분주한 서방님의 모습이 어느새 사라졌구나 하는 것이 느껴졌다. 내 위장병 또한 위장 자체만의 문제가 아니라 지나친 책임감이 더해진 심리적 어려움 때문이었다.

나는, 내가 행복하면 세상이 행복하다고 말한다. "도대체 뭐가 행복인데?" 하고 주변서 묻는다. 각자의 행복이 어떻게 같을 수 있을까. 그러니 내가 어떨 때 행복한지 찾아야 한다. 나도 쉽지 않다. 다른 이에게 가 있던 내 시선을 나 자신에게 옮겨와서 순간을 살려고 한다.

아이들이 웃을 때 행복하다.

내 쓰임을 발견하면 행복하다.

내가 사랑받고 있구나를 느끼면 행복하다.

사랑을 원하는 것 자체가 결핍이라고 수업 시간 때 교수님이 말씀해 주셨다. 무슨 상관이야. 내가 그런 결핍이 있고, 또 그걸 원한다는데. 내 서방님은 이런 점을 잘 써먹으면 좋겠는데, 서방님도 아직 자신에게도 타인에게도 서투른 게 나와 같아서 원활하진 않다.

이젠 힘든 상황이 닥치면 나에게 묻는다. 다른 사람에게 내가 어떻게 하면 좋을지 묻고 따르지 않는다. 물론, 힌트를 얻기는 하지만 타인의 말이 곧 내가 되지는 못한다는 뜻이다. 내게 묻는 말은 영화 '곡성'의 대사 중 하나다.

"뭣이 중헌디?"

지금 내게 무엇이 가장 중요한지를 묻는다. 이 질문만으로도 문제로 보이지 않을 정도로 쉽게 해결되어 버리는 경우가 종종 있다. 결과가 썩 마음에 들지 않을 때도 있지만, 이내 욕심이란 걸 알아차리게 되므로 참 좋은 질문인 거 같다.

현재도 없는 사람의 미래가 존재할까? 늘 그 시점에서는 구멍 난 양말처럼 한쪽이 텅 비는 것을 느끼게 되었다. 나의 텅 빔에는 지금 이 순간이 없었기 때문이라 생각한다. 현재만을 생각하며 미래를 버리라는 것이 아니다. 미래를 생각하느라 현재도 없는 삶을 살지 말라고 말하고 싶은 것이다. 나는 이를 아이와의 관계에서도 사용한다.

또한 아이를 키우는데 있어서 핵심이 되어야 할 것은 '자립'이라고 생각하는 사람 중 한 명이다. 엄마는 내가 자립하는데 아주 큰 '기여'를 했다. 내가 20살이 되고 바로 집을 떠나 혼자 힘으로 산 것은 아니다. 그러나 '성인이 되면 자신의 앞가림은 자신이 하는 것이다.'라는 생각이 머릿속에 계속 자리 잡고 있었다. 그래서 직장생활을 시작하면서부터는 엄마의 도움을 받지 않았다. 혹여나 돈이 부족하기라도 하면 엄마에게 빌렸고, 약속한 날짜에 정확하게 갚았다. 부모자식 사이라는 이유로 그냥 주고받는 것은 없었다. 처음의 약속을 지킨다. 빌린 것은 갚아야 하는 것이다. 용돈이 필요할 땐 온갖 애교를 섞어가며 얼마를 달라고 말했다. 자주 통하는 것은 아니었지만, 어쩌다 한 번씩 엄마에게 '웃기지도 않는다.'는 말과 함께 받을 수 있었다.

하지만 엄마에게 사랑받고 엄마랑 친근하게 하하, 호호 웃으며 대화하지 못한 아쉬움을 내 아이에게 물려주고 싶지 않다.

내게 너그러우면 타인을 보는 눈도 너그러워진다. 그러니 내가 행복하면 세상이 행복할 수밖에 없다. 내가 행복하려면 나를 알아야 한다. 그래서 자기 이해가 필수요건이다. 자신을 알지 못해서는 질문에 답할 수 없기 때문이다. 자기 이해가 얼마 동안의 기간을 투자하여 끝날 수 있는 것이라면 얼마나 좋을까 싶다. 물론 자신과 대화를 자주 해온 이들은 작은 노력만으로도 끝마칠 수 있을 것이다. 내게도 그런 날이 오길 바라며 노력할 뿐이다.

살아가면서 내 삶이 다하는 날까지 관심을 주어야 할 존재는 '나'이다. 나는 혼자서 살 수 없기에, 다른 이들과 함께 살아갈 것이기에 '나'를 공부해야 한다. 내가 '나'를 보는 안경으로 다른 이를 본다는 걸 경험했기에. 아는 만큼 보인다는 말의 무서움을 알기에.

:
03
누군가를 돕는다는 것

S와의 첫 만남은 미술심리상담사 1급 과정 수료를 위한 필수조건인 사례보고서 제출을 위함이었다. 모의가 아닌 실제 만남은 처음이다. S의 사무실이 바쁜 시점이라 점심시간을 이용해 카페에서 만남을 가졌다. 보고서 제출을 위한 일정도 있기에 부득이했다. 카페는 상담하기에 적합한 장소가 아니기에 자리를 잡기 위해 1시간 전에 약속 장소에 도착했다. 불투명 유리가 있는 공간이 한 곳 있었기 때문이다.

'초심자이니 너무 잘하려고 애쓰지 말고 진심을 다하여 S의 이야기를 들어야겠다.'

이렇게 생각했다. 병원도 방문한 적이 있다는 사전 정보가 있었다. 짧은 시간이니 큰 욕심을 내지 말고 원하는 부분 하나만 보기로 마음먹었다. 사람들은 심리상담사라고 말하면, 말하지 않고 입다물고 있어도 척척 내 마음을 알아주는 사람이라고 생각한다. 또는 힘들어하는 부분을 말하면 답을 턱- 하니 알려 줄 것이라 믿는다. 공부하기 전의 나도 그렇게 생각했다.

하지만 상담사는 그저 조력자 역할이다. 그런 사실을 알게 되자 맥이 턱 풀렸다. 나의 어려움을 누군가가 해결해줄지도 모른다는 기대감이 사라졌기 때문이다. S를 처음 만나 간단한 소개를 했다. 상담에 꼭 필요한 요소이니 상담신청서를 주며 빈칸을 채워달라고 했다. 어색한 미소를 지으며 이런 걸 적을 줄은 몰랐다며 약간 당황하는 기색이다. S에게 상담자의 역할에 대해서도 설명하였다. S는 주호소 문제 4~5가지를 적었다. 상담 후 가장 바뀌었으면 하는 부분을 특정지어 함께 답을 찾아보기로 했다.

1, 2회기 때는 S가 말을 하다 중간중간 말을 끊는 행동을 보였다. 아무래도 모든 것을 풀어놓기에는 믿음 형성이 덜 되었구나 싶었다. 어떻게 하면 S가 원하는 부분에 도달하는데 도움이 될지 많은 생각을 했다. 모의지만 내가 내담자 역할이었을 때 마음 열기가 편했던 방법은 무엇이었는지. 나와 다른 사람은 어떤 방법에 마음에 문을 열기가 쉬웠다고 했는지. 작은 기법 하나가 뭐가 다를까 싶겠지만, 정말 작은 것 하나에도 마음이 동할 때가 있다는 걸 경험했다.

S가 자신을 수월하게 볼 수 있는 방법이 무엇인지 찾기 위해 식탁 가득 자료를 펼쳐놓고 고심했다.

3회기 만남 때 이런 정성이 통했는지 이 시간을 기다렸다고 말하며 S가 먼저 말문을 열었다. 이러쿵저러쿵 자신을 쏟아내는 S에게 고마운 마음이 들었다. S에겐 필요한 '나'의 노출도 하며 생각을 묻고 감정을 물었다. 상담자의 비밀유지는 기본이니 걱정하지 말라는 말도 했다. S의 적극성으로 우리의 만남은 더욱 길게 지속되었다. S는 내 도움이 필요하다고 말했고, 나는 내가 쓰일 곳이 있다는 것에 기뻐하며 최선을 다했다. 내가 입을 다물게 되던 그때를 생각하며 제대로 들어주는 한 사람이 되고자 노력했다. 그렇게 S는 자신도 몰랐던 자신의 마음을 알 수 있게 된 것에 감사하며 자신과 가까워졌다.

내가 잘해서가 아니었다. S에게도 분명하게 이야기해줬다.

"지금 변화한 것 같은 이 모습을 내 덕이라 말해주는 건 참 고마운 일이다. 하지만 그건 내 힘이 아니라 S 씨가 본디 가지고 있던 힘이다. 나는 그저 조금 더 잘 볼 수 있게 도운 것뿐이다."

이렇게 시작된 인연으로 한 해를 마무리하며 S의 가장 고마운 사람으로 남았다는 사실이 기뻤다. 이만큼의 도움도 괜찮지 않을까 생각한다. 각자의 생활에 열심히, 최선을 다하여 살며 삶이 흔들린다 생각될 때 이야기를 나누며 그 속에서 스스로 자신을 찾는 삶. 서로의 삶을 응원할 수 있는 삶을 살고 싶다.

심리상담사 자격증 1, 2급, 미술심리상담사 1, 2급 자격증을 취득했다. 처음 이 공부를 시작할 때는 내게도 좋고 다른 이에게도 좋으니 빨리 공부하고 나도 상담사로 일해 보고 싶은 마음이 있었다. 하지만 1급을 공부하고 실습을 하며 든 생각은, 나처럼 비전문적인 사람이 상담을 해서 되겠냐는 생각이었다. 좀 더 오랫동안 공부하고 준비한 사람들이 해야 하는 직업 같다. 다른 것도 아니고 사람의 마음을 돌보는 일 아니던가. TV에서 유명한 아이돌 가수가 우울증으로 정신과 치료를 받고 있었음에도 자살한 뉴스를 접하자 더욱 주눅 들었다. 전문가가 아니라는 사실이 발목을 잡았다. 수업 시간에 교수님께서 "전문가는 돈과 시간만 있으면 될 수 있다."며, 상담자가 가져야 할 기본적인 자세를 중요시하라는 말도 잠깐의 위로밖에 되지 않았다. '살리는 사람이 되어야 하는데 죽이는 사람이 되면 어떡하나?' 가지도 않은 길을 계속 예측했다. '사람의 마음을 다루는 일은 정말 실력 있는 사람이 해야 해.'라는 생각이 머릿속을 떠나지 않았다.

이런 마음을 함께 공부한 H와 '엄마의 인생설계도'를 진행하신 명랑모험가님에게 솔직하게 털어놓았다. 그런 걱정을 하는 것 자체가 자격이 되는 것이라고 말해주는 참 고마운 사람들. 돈만 쫓아갈 수도 있지 않느냐고, 정말 많이 아파서 크고 전문적인 병원을 가야 하는 사람도 있지만 조금 아파서 가볍게 치료해도 좋아질 수 있는 사람도 분명 있다고 했다. 그랬다. 용기를 얻어서 독서와 미술치료를 결합한 독서 모임 '포담포담'을 만들었다. 실전에서 뛰어볼 가능성이 생겨나는 일이다. 그 속에서 따뜻함으로 변화가 시작된다거나, 그 온기만으로 살아갈 힘이 생겨날 수도 있다. 돈을 떠나서 삶에 큰 의미가 생겨나는 것이다.

'포담포담'은 포근한 담요를 줄여서 만들었다. 내게 있는 장점이 따뜻함이라고 하니, 그 따뜻함을 나누는 일을 해야겠다는 생각이 들었다. 2회로 계획하고 처음을 맞이한 독서 모임은 '어떻게'의 고민을 키웠다. 집단상담 형식에 가까운 모습인 '포담포담'은 2회로만은 신뢰도를 형성하기에도 짧은 시간이라 속내를 털어내기도 어렵고 뭔가 시작하려 하는 순간에 끝나버린다는 걸 알려줬다. 속상함이 밀려왔다. 상담자의 역할로 그 자리에 있으려 한 것은 아니지만, 객관적인 시선으로 짚어줄 것은 짚어야 하는데 그러지 못했다.

아쉬움을 남긴 1기가 끝난 뒤, 재정비를 마치고 2기 모집을 했다.

횟수도 5회로 늘렸다. '나를 만나다'라는 주제도 만들었다. 아직까지 나의 소명은 '나'를 알아가는 일이다. 그 중요함을 알기에 '나'를 알고자 하는 사람들을 돕고 싶다. 능력이 되는 사람들이야 독서 토론만으로도 충분히 자신을 알 수 있을 것이다. 난 나처럼 자신의 감정표현에도 서툰 사람들에게 물꼬를 열어주는 역할을 하고 싶다. 내게 있어서의 변화는 '나'를 알아가는 과정에서 극대화되었기 때문이다. 사람이 각자 다르듯, 나와 같은 방법이 필요한 사람에게 도움이 되고 싶다.

　다복동 사업 계약직으로 일했다. 다복동 사업은 고독사 방지가 가장 큰 일이다. 전화를 해서 안부를 묻고 연락이 닿지 않으면 방문한다. 취약 계층으로 등록되어 계신 분들에겐 한 달에 한 번 정기적으로 안부 전화를 드렸다. 이 일을 하며 삶의 새로운 면을 바라보았다. 취약 계층에 있는 내 엄마뻘의 그녀들. 안부로 시작해서 이러쿵저러쿵 말씀하시는 걸 귀 쫑긋 세워서 듣다 보면 30분이 훌쩍 지나갈 때가 있다. 귀 기울여 들어드리면 참 좋아하신다. 어떤 분은 속 이야기를 하시고는 "나 잘했지요?" 하고 묻기도 했다.

　"그럼요. 쉽지 않은 일인데 잘하셨어요." 했더니 눈물을 흘리셨다. 잘 들어줘서 고맙다고 계속 인사를 하신다. 몸이 아픈데 나으면 인사를 오겠다고 하셨다. 누군가를 돕는다는 것은 거창한 것이 아니구나 하는 생각이 들었다.

04
내 삶의 길을 정하다

게임을 끝내고 씻으러 욕실로 들어간 W가 무언인가 생각난 얼굴로 다시 나왔다.

"엄마." 소리에 고개를 들자 오른손으로 앞머리부터 뒷머리까지 쓸어내리며 말했다.

"니가 뭔데?"라고 하더니 이내 "요즘 우리 반 남자아이들 사이에 유행하는 말이예요."라고 덧붙였다. 뜨거운 고구마를 맨손으로 받아 왼손에서 오른손으로 왔다 갔다 하다 떨어뜨리면 생길 법한 당황스러움이다.

"별로 재미없어."라고 하자 M에게 가서 똑같은 행동을 반복했다. 반응이 없자 약간 멋쩍어하며 다시 내게로 온다. W와 잠깐 이야기를 나누는 사이 M이 욕실로 들어갔다. 뒤늦게 그 사실은 알게 된 W의 투덜거림이 시작됐다.

"니 새치기 할래? 그러지 마라~. 야! 들어갔으면 빨리 씻고 나오라고! 빨리 씻으라니까!"

반응 없는 M의 뒤통수를 향해 W는 목소리를 높였다.

"W야, 엄마는 네가 큰 소리로 이야기하는 거 듣기 싫어."

"아니~ M이 새치기했잖아!"

"뭘 새치기야. 너는 엄마랑 이야기 중이었잖아."

"아니야! 내가 먼저 씻으러…!"

더 이상 말하지 못하게 자르고 끼어들었다.

"그만 좀 해. 너 자꾸 그러는 거 엄마는 변명으로 들려. 엄마가 여러 번 부탁했잖아. 아까 M이 짜증부릴 때 엄마도 짜증이 올라왔어. 그런데 네가 큰소리로 자꾸 이야길 하면서 엄마 이야기에 귀 기울이지 않으면 엄마도 큰소리로 네게 이야길 해야 하잖아."

"아니~"를 반복하며 울먹울먹 거리는 W의 얼굴을 보니 '아차' 하는 생각이 들었다. 이런 곰탱이. 네 마음을 먼저 읽어줬어야 했는데. 목을 가다듬고 다시 말한다.

"W가 씻으러 갔다가 잠깐 나왔는데 M이 씻으러 들어가 버려서 속상해?" 하고 물었다. 번지수를 제대로 찾았는지 W가 눈물을 터트린다.

"엄마가 못 본 줄 알았어?"

"응."

"엄마는 W를 사랑해. 관심도 많아. 말하지 않았지만 알고 있는 경우가 많아. 엄마가 몰라주는 거 같아서 속상했나 보네?"

"엉엉~!"

두 손을 꼭 잡고 사랑한다고 말한 뒤 안아주었다.

한참을 안겨서 울다가 갑자기 고개를 들고는 말했다.

"엄마는 나를 사랑하지만 그래도 매를 들잖아. 그래서 내가 속상해."

나긋한 목소리로 "요즘은 엄마 매 들지 않잖아~"라고 답했다.

"엄마 자주 매 들었잖아!"

"엄마가 매를 든 적도 있지만 매 들지 않은 지 한참 지났잖아. 자꾸 매 든다고 이야기하면 엄마도 억울해."

엄마의 억울하다는 말에 W가 오른쪽으로 기운 머리로 나를 응시했다. 두 손을 마주 잡고 식탁 의자에 앉히고 눈을 맞춘 뒤 말을 이어갔다.

"W야, 엄마도 W를 낳아서 처음으로 엄마가 됐어. 엄마가 처음이다 보니 주변 사람들이 자꾸 아이는 이렇게 저렇게 키우는 거라며 엄마에게 말했어. 엄마도 잘 모르다 보니까 다른 사람들이 하는 말을 듣고 따라한 것이 많아. 가르쳐야 하는 건 때려서라도 가르쳐야 한다고 해서 실천했어. 그런데 M을 낳고 살아보니까 엄마가 잘못했다는 생각이 들었어. 그래서 저번에 W가 잘못한 행동에도 매를 들어서 미안하다고 사과했잖아. 이유가 뭐든 매를 든 건 미안해. 하지만 엄마는 지금도 노력하고 있어. 약속을 지키기 않았을 때도, 지금은 말로 이야기하잖아. 엄마가 잘못 생각해서 매를 든 건 정말 미안하고 잘못했어. 하지만 매를 들었던 그때도 네가 미워서 그런 게 아니야. 사랑하지만 엄마가 잘 몰라서 한 행동이야. 정말 미안해."

길게 늘어놓는 이야기도 집중해서 듣더니 큰아이가 말했다.

"나는 자꾸 잊어버려. 엄마한테 혼날까봐 거짓말도 했고."

"W야, 엄마는 W의 잘못된 행동에는 혼낼 수도 있어. 잘못된 행동을 하면 혼을 내야해. 엄마 아빠는 W의 부모잖아. 하지만 화내지 않으려고 노력해. 너를 혼낸다고 해도 사랑하지 않는 건 아니야. 우리가 약속한 5가지를 어기면 엄마는 너를 혼내서라도 가르쳐야 해.

그리고 엄마, 네가 거짓말할 때마다 혼냈던 것도 아니야. 상대를 해치는 거짓말이 아니면 알고도 모른 척 넘어갔어. 엄마는 너의 부모이기 때문에 꼭 가르쳐야 할 것은 가르치고, 잘못된 행동을 할 때는 말로 혼내서라도 바른 걸 알려줘야 할 의무가 있어. 공부는 잘하지만 친구를 때리고 괴롭히는 아들로 사는 건 싫어. 공부를 못해도 상관없어. 네가 정말 하고 싶은 것이 있으면 엄마는 그걸 할 수 있도록 도울 거야. 자라다 미술학원도 네가 너무 즐겁고 재미있어서 가고 싶다고 했잖아. 그래서 엄마가 적게 일해서 지금은 비용이 부족하니까 조금만 기다려 달라고 했지. 그래서 내년 3월에 보내줄 수 있게 되었다고 말했잖아. 엄마는 네가 진정으로 원하는 걸 할 수 있도록 도울 거야. 엄마는 일을 적게 해서 돈을 적게 받지만, 너희에게 짜증 덜 내고 웃으며 지내는 지금이 좋아. 네가 매 맞았다는 사실이 너무 속상해서, 아니면 매 맞았을 때 너무 아팠던 기억 때문에 자주 맞는다 생각했을 수도 있겠다. 그런 생각 들게 해서 정말 미안하다."

아무 말 없이 그저 나를 응시하는 W에게 말했다.

"엄마는 W를 정말 사랑해. 그걸 믿을 수가 없는 거야?"

"아니, 그건 알겠어."

"그럼 엄마가 사랑하는 것도 알고, 너도 사랑하지만 엄마한테 매 맞은 건 너무 속상한 거지?"

대답 대신 고개를 끄덕이는 W.

"그래, 정말 미안하다. W는 엄마가 매일 안아주는 게 좋다고 했지?"

"응."

"그래서 엄마가 매일 안아주는데, 그거 말고 또 해주면 좋겠다 싶은 거 있어?"

"음~ 너무 많아서 잘 모르겠어."

"그럼 생각나는 대로 이야기해봐."

"뽀뽀, 뽀뽀 10번. 아니 뽀뽀 100번."

"그래, 엄마가 네가 잊어버리지 않도록 매일 이야기 할게. W야, 사랑해. 엄마는 W를 믿어. W가 엄마 아들인 게 자랑스러워."

'정말 그래?' 하며 묻는 눈초리다.

"엄마는 학교 선생님이 보내주신 학교 통신문에도 'W가 자랑스럽다.'라고 적어서 보냈어. 알고 있어?"

"아니."

"엄마가 네가 잊어먹지 않게 매일 이야기할게. 사랑해~."

양볼에 뽀뽀를 하고 서로의 코를 부비며 이마 뽀뽀까지 마친 뒤 일은 마무리되었다.

이 일이 있기 얼마 전, 뜬금없이 W가 말했다.

"엄마~ 우리 반의 진○○이랑 정○○는 이때까지 엄마에게 맞은 적이 한 번도 없대."

"어?"

"진○○이랑 정○○는 엄마에게 맞은 적이 한 번도 없다고."

"정말? 우와~."

이게 감탄할 일인 건가? 순간 아이가 내게 이 말을 한 의도를 생각했다.

"W야. 너도 엄마에게 한 번도 맞은 적 없다며 자랑하고 싶었을 텐데 그러지 못해서 속상했어?"

첫째가 대답도 없이 소리 내어 울다가 물었다.

"그러니까 엄마는 나를 왜 때렸어?"

가슴이 쿵 하며 떨어지는 소리를 냈다. 어떡하지?

"미안해. 어떤 이유이든 엄마가 널 때린 건 잘못한 거 같아. 엄마도 잘 몰라서 그랬어. 정말 미안해."

계속 울면서 외쳤다.

"나도 엄마한테 안 맞고 싶다고~!"

같이 앉아서 울고 싶다. 진정될 때까지 안아주었다.

"그런데 친구들과 그런 이야기를 어떻게 하게 됐어?"

"학교 수업 시간 중 '안전한 생활' 공부하다 이야기가 나왔어."

"그랬구나."

충분하게 이야기를 나누지 못한 W의 첫 번째 표출이었다. 당황하다 못해 당혹스러웠다. 그리고 정말 미안했다. 학교에서 꾹꾹 눌러 놓았을 아이의 마음이 생각나서 마음이 쓰였다.

억울한 면도 있다. W의 이야기만 들어보면 내가 매를 달고 사는 사람인 것 같다. 하지만 실상은 그렇지 않다. 아마도 어릴 적 기억 때문이라고 생각된다. 어릴 때 하지 말라는 걸 하면 "맴매할 거야." 하며 무섭게 키웠다. 나의 어린 시절에도 잘못하면 매를 드는 엄마가 있었다. 매를 드는 게 나쁘다는 것을 알지만, 다른 방법을 알지 못했다. 무지에서 나오는 힘은 강력하다. 그러니 엄마인 내가 성장해야 함을 뼈저리게 느낀다.

할 수 있는 것보다 하지 못하는 것이 더 많았던 아이의 세상. 그리고 건강하지 못한 내 마음을 오롯이 전달받았을 W가 맘에 걸리는 것이 사실이다. 살아오면서 아픈 아빠, 가장의 짐을 짊어진 엄마에게서는 '사랑받으며 살고 있구나.'를 느낄 수 없었다. 내게 없는 것을 주려니 자주 삐걱거린다. 그러나 포기하지 않을 것이다. 마음이 충만하여 남에게 주고 주어도, 나처럼 심리적 고갈이 쉬이 오지 않는 사람으로 자라면 좋겠다. 이왕이면 어떠한 굶주림도 없으면 좋겠지만, 그건 내 아이의 몫이니 최소한 정서적 굶주림은 없도록 살게 하고 싶다. 내게 없다고 꼭 줄 수 없는 것일까. 그것 또한 나를 이해하는 일을 계속한다면 채워질 거라 믿는다. 말하는 대로 이루어진다고 하지 않던가. 지금은 속도가 느려서 밑 빠진 독처럼 빠져나가는 엄마의 사랑이, 시간이 지나며 빛의 속도에 준하게 빨라져 밑이 빠졌는지도 모를 날이 올 것이다.

이렇게 내 마음을 돌보며 나를 이해하고 나를 채워 가장 가까운 이에게 그 충만함을 나누는 일을 할 것이다.

05
더도 말고 덜도 말고
할 수 있는 만큼만

엄마 : 밖이가?

나 : 응, 왜~?

엄마 : 느그 아빠가 안 들어와 가지고.

나 : 안 들어온다고?

엄마 : 응.

나 : 언제 나갔는데?

엄마 : 9시쯤. 군막에서 팥죽 끓여갖고 할배 좀 갖다주라 해서 갖고 오보니까 안 들어왔데.

　나 : 응.

엄마 : 설마 들어오겠지 싶어가꼬 그냥 갔다 아이가. 가서 설거지도 하고 그럭저럭 치아 놓고 전화를 하니까 전화를 안 받는기라.

　나 : 응.

엄마 : 전화하면 전화는 받는데.

　나 : 응.

엄마 : 그래가이고 왔다 아니가. 오니까 안 들어왔네. 뭐 찾아볼라 해도 어디를 간 줄 알고 찾아보겠노.

나 : 아이고….

엄마 : 요새 말 잘 들어가지고, '먼데 가지마세이.' 하면 '에이.' 하믄서 조금 간다해가꼬 가가이고 한 시간쯤 있으면 들어 오드만은.

나 : 응.

엄마 : 9시쯤 나가 가이고 지금 몇 시간이고?

나 : 아이고 참… 6시간이다. 6시간.

엄마 : 그러니까. 점심도 안 묵고.

나 : 점심 안 묵었드나?

엄마 : 아니, 호진 어마이랑 언니야 할배 팥죽 좀 갖다 주라 해서 1시쯤 와보니까 안 들어왔더라고. 그래가 상 위에 얹어놓고 갔지. 그럭저럭 치아 놓고 설거지해놓고 용왕굿 한다 해가이고 앉아있는데 아무래도 매싹매싹 해가이고 전화를 했드만 전화를 안 받는기라. 그래가 이상하다 싶어가 오보이까네 역시 안 왔네.

나 : 아휴.

엄마 : 뭐 찾아볼라고 해도 어데를 간 줄 알고 찾아보겠노. 어데를 간지 알아야 찾아가 보지.

나 : 답답네 진짜.

엄마 : 강게로 가보까?

나 : (침묵)

엄마 : 그리 알고 있어라.

2분 11초 동안의 통화. 전화를 끊자 심장이 벌러덩거렸다. 거실과 주방을 오가며 떠오르지 않는 생각을 끄집어내려고 안간힘을 썼다.

어떡하지? 어떻게 해야 하는 거지?

전후 사정을 모르는 사람은 '성인이 6시간 집에 안 들어오는 게 뭐 어때서?'라고 하겠지만 아빠는 중풍이다. 지체 장애 2급. 도와준다는 사람이 있어도 말할 수 없고, 글 또한 쓸 수 없으니 말 그대로 서울에서 김서방 찾기다. 강게로 찾으러 가봐야겠다는 엄마의 말이 마음에 걸렸다. 차도 없는데…. 강게를 걸어서 가면 1시간은 더 걸리겠네. 우선은 친정으로 가봐야겠다는 생각이 머릿속을 채웠다. 그런데 아빠한테 진짜 무슨 일이라도 생긴 거면? 신고해야 하는 거 아닌가? 신고는 어떻게 하는 거지? 어디에다? 경찰서? 파출소? 생각이 꼬리에 꼬리를 문다.

안 되겠다 싶어서 언니에게 전화했다. 신고는 하는 게 좋을 것 같다고 한다. "경찰서? 파출소?" 했드만 "112." 알았다고 전화를 끊고는 곧바로 112 누르고 통화 버튼을 눌렀다.

통화를 시작하자 '여기가 응급실인가?' 하는 착각이 들 정도였다. 이름, 주민번호, 집 주소, 옷은 어떤 걸 입었는지 등등 여러 가지를 묻는데 제대로 대답한 건 이름과 집 주소뿐이었다. 주민번호는 당연히 외우지 못했기에 생년월일만 말했다. 마음이 급하니 이게 맞는지 틀렸는지 판단도 서지 않았다.

벽에 걸린 자동차 키를 낚아채 주차장으로 뛰었다. 시동이 걸리는 찰나 전화가 온다. 경찰서라고 한다. 운전을 하며 스피커폰으로 통화하니 한 번에 제대로 알아듣기도 어렵다. 112에서 질문하던 걸 똑같이 물어보신다. 어물쩍어물쩍 대답했다. CCTV를 봐줄 것을 요청

하자 182 실종 센터에 신고를 하는 게 좋겠다고 한다. 전화를 끊고 182 누르고 통화 버튼. 여기 직원은 다른 분들보다 말을 더 못 알아듣는다. 경상도의 억양에 적응하지 못해서 아빠 이름과 신고자인 내 이름만 20번 정도 말했다. 인상착의를 물어본다. 더 할 말이 없다. 키도 대충. 신발은 남색 바보 신발 또는 하늘색 크록스 스타일 둘 중 하나라고 말했다. 잠바를 묻는다.

"하…. 어두운 계통 잠바고 바지도 마찬가지예요."

중풍으로 반신불수라 걸어가는 것만 봐도 눈에 뜨일 것이라고 말했다. 겨울이라 모자를 썼을 수도 있지만, 쓰지 않았다면 머리숱은 거의 없고 머리에 혹이 있다고 말했다. 통화가 끝나고 친정으로 향하는 차 안에서 오만가지 생각이 들었다.

우선, 과민반응처럼 행동하는 이유는 얼마 전에 아빠가 경찰차를 타고 엄마 가게로 왔다는 이야기를 들었기 때문이다. 엄마는 아빠 잠바가 진흙에 뒹군 것처럼 엉망이고 신발도 흙투성이라고 말했다. 경찰 아저씨는 아빠를 죽성에서 태웠다고 말했단다. 한동네에 오래 살기도 했고, 여태껏 늘 같은 곳으로 운동을 다녔기에 아빠를 발견한 경찰 아저씨가 "저 할아버지 왜 여기 있지?" 해서 엄마에게 데려왔다고 했다. 참으로 고마운 경찰 아저씨다. 도대체 거길 왜 간 걸까? 경찰차를 타고 온 아빠는 허공을 응시하며 여기가 어디지 하는 눈으로 연신 두리번거렸다고 했다. 이 일이 있고 나서 엄마에게 아빠를 잘 살펴보라고 했다. 엄마는 별다른 특이사항은 없어 보인다고 말했다.

엄마는 아빠에게 외출 금지령을 내렸다. 내 걸음걸이 10분이 아빠에겐 1시간이다. 깜깜한 새벽마다 운동 나가는 게 영 마음에도 걸렸고 잘 되었다 싶어 그러라고 했다. 산 사람이 집 밖을 못 나가는 것은 좀 그러니 집 주변 또는 학교 주변을 걸으며 운동하는 동네 한 바퀴로 약속한 것이다. 그런 아빠가 6시간 동안 사라졌다. 전의 일을 너무 안일하게 대처한 것은 아닌가. 이젠 어떻게 해야 하는 걸까. 찔끔찔끔 눈물이 번진다.

'아-씨- 진짜. 아빠 나한테 해준 것도 없잖아. 무슨 일 나기만 해봐. 나 절대 용서 안 해줄 거야. 아니, 방금 한 말 취소야. 취소. 그냥 다치지 말고 집에만 들어와요. 아무 말 하지 않아도 아빠는 그저 살아있는 것만으로도 힘이 된다 말이야. 제발, 제발 살아만 있어.'

'내 나이 40줄인데…' 하며 신세 한탄에 빠졌을 때 엄마에게 전화가 왔다.

엄마 : 어디쯤 왔노?

나 : 왜?

엄마 : 그래 어디쯤 왔노?

나 : 다 와 가는데, 송정.

엄마 : 아빠 찾았다.

나 : 진짜? 어디서?

엄마 : 학교 옆 골목길 돌아서 오고 있다. 경찰 아저씨도 같이 온다.

나 : 아~ 정말. 아빠 정신은 있나?

엄마 : 응. 정신 있다.

아빠가 정상적으로 사고하는지 알 수 있는 방법이 없다. 이번 일
은 에피소드처럼 마무리되었다.

신고 전화를 하면서 "아버지 전화기는 있으세요?"라는 말을 계속
들었다. 아빠가 말을 할 수 없으니 전화기는 필요 없다고 생각했다.
그리고 나쁜 마음을 먹은 사람들 손에 들어갈 수도 있고. 하지만
어제 일을 계기로 뭔가의 대책이 필요하다 싶었다. 한 번 그런 일이
있었던 걸로 아빠를 너무 몰아세우나 하는 생각이 들기도 했다. 결
국은 다 변명이다. 잘못되었다면, 할 수 있는 최선을 다하지 못한 것
에 후회하며 죄책감에 시달렸을 것이 불 보듯 뻔했기 때문이다. 평
소에도 엄마에게 엄청 뜯겼을 아빠지만 오늘은 좀 뜯겨도 싸다 싶었
다. 그리고 돌아와줘서 정말 감사하다. 자꾸 눈물이 난다.

아빠도 늙고 나도 나이가 들어간다. 시간이 흐르는 동안 변화한
것은 무엇일까? 새해부터 갑작스레 닥치는 여러 가지 일로 심리적
댐에 균열이 생긴 것 같다. 시도 때도 없이 눈물이 나고 막무가내로
서글프다. 자꾸 '내가 뭘 할 수 있겠어? 내가 노력해봐야 뭐 하겠어?'
가 머릿속에 떠올라서 어렵다. 그러다 정신이 들면 '아빠를 잃어버
릴 뻔했는데 이 정도의 고통은 당연한 거지!' 하는 내가 있다.

내 흔들림의 이유를 묻고 그대로 존중해주고 싶다. 더도 말고 덜
도 말고 딱! 내가 할 수 있는 만큼 해보자.

06
한 걸음만 떨어져서

둘째가 3살이 되던 2015년. 서방님과 여름휴가를 계획했다. '돈' 부분에 있어서는 늘 가성비를 따지게 된다. 산과 바다 둘 다 좋다. 하지만 한 번으로 끝나지 않고 계속 할 수 있는 것이면 좋겠다 싶었다. 그러다 생각하게 된 것이 캠핑이다. 장비를 사려면 많은 돈이 필요하다고 했다. 맘에 드는 걸 사려면 한도 끝도 없었다. 욕심내지 말고 우리 가족이 편하게 보낼 수 있는 것으로 초점을 맞추었다. 집에 있는 텐트를 제외하고 필요한 품목을 뽑는다고 무척 바쁜 신랑. 아이들과 함께 매장으로 가서 설명도 듣고 직접 사용도 해보며 선택한 캠핑용품으로 가만히 있어도 겨드랑이를 적시는 8월에 캠핑을 떠났다.

캠핑은 떠나기 전부터 난관에 부딪혔다. 승용차 트렁크에 캠핑에 필요한 짐을 싣기란 여간 어려운 게 아니었던 것이다. 우리 집의 애마는 하얀색 펄이 들어간 K5. 그것도 가스 차다. 가스통이 트렁크에 대자로 누워 있다. 캠핑에 필요한 짐을 트렁크에 넣는 걸 보면 테트리스 게임이 떠오른다. 빈 공간을 향하도록 정확하게. 물건이 들어가야 할 공간과 다르면 짐을 꺼내고 넣기를 반복해야 한다. 꺼내고 넣기를 반복한 신랑의 이마와 등짝에 땀이 한가득이다.

도로에서 캠핑장으로 연결되는 도로가 좁고 산길이라 승용차로 오르기 겁이 났다. 캠핑장이 모습을 드러내자 평평하게 깔린 자갈 바닥을 보며 "휴~." 하는 소리가 흘러나온다. 밖으로 나온 아이들은 미끄러질 것 같은 바닥을 폴짝폴짝 잘도 뛰어다닌다. 예약한 자리에 차를 주차하고 짐을 꺼낸다. 태양에 노출되어 있는 신체 부위가 따가웠다. '나는 왜 캠핑을 찬성한 것일까?' 하는 후회가 파도처럼 밀려왔다. 차에서 꺼내놓은 캠핑 물품을 보니 '하-' 그 좁은 공간에 많이도 실고 왔다.

첫 번째 순서 타프 치기. 초등학교 운동회의 그늘 천막과 비슷하다. 우선 천막을 지탱할 봉을 연결했다. 봉 6개를 연결하고 신랑과 나는 멀뚱멀뚱 서로의 얼굴만 바라보았다. 완성된 타프의 모양을 스마트폰으로 확인한 다음 봉 하나에 천막을 걸고 세웠다. 신랑이 세워진 봉의 양 갈래로 줄을 내려 땅에 박아야 한다. 그런데 단조팩이 안 박힌다. 나무에 붙은 매미마냥 봉을 잡고 씨름하기를 20분이 지났다.

"서방님, 텐트에 있는 망치로는 도저히 안 될 것 같아. 캠핑장 사장님께 망치 좀 빌리자."

마음대로 일이 풀리지 않자 얼굴이 굳어가는 서방님. 해본다며 몇 번을 더 망치질하다 플라스틱 망치를 "탁!" 소리 나게 던지고는 캠핑장 관리실로 향했다. 돌아오는 신랑의 오른손에는 쇠망치가 들려있었다. 망치만 빌리면 일사천리 일줄 알았는데, 타프를 치기 위한 중앙 지지대 봉 2개를 세우지 못해 우린 한 시간가량을 허비했다. 속에서 천불은 무슨 만불이 올라왔다. 다시 캠핑장 관리실로 향하는 서방님.

"사장님, 죄송하지만 저희가 캠핑이 처음이라서 타프 치는 것 좀 도와주십시오."

"손님들이 많이 들어와서 바쁜 시간인데…"

"죄송합니다. 저희끼리 타프 치기가 어려울 것 같아서."

"비 소식도 없는데 굳이 타프 칠 필요가 있을까요?"

"새벽에 비가 온다는 뉴스가 있어서…"

바짓가랑이에 매달린 아이처럼 졸랐다. 연신 혼잣말을 쏟아내던 사장님은 뚝딱뚝딱 봉 2개를 순식간에 박았다. 그러곤 "이제 하실 수 있겠죠?" 하고는 귀신처럼 사라진다.

행여나 중앙 지지대가 쓰러지기라도 할까 애가 탄다. 그렇게 30분을 더 지나 드디어 타프를 완성했다. 그늘막이 생겼다. 완성된 타프를 보고 있으니 우리 힘으로 완성했다는 뿌듯함이 올라왔다. 서방님과 내 얼굴에 작은 웃음꽃이 핀다.

두 번째 순서 텐트 치기. 텐트는 집에서 연습을 한 번 해봤다. 생각보다 크기가 좀 돼서 작은 거실 전체에 들어섰다. 작지만 그래도 거실을 차지한 텐트인데, 밖에서 완성하고 나니 크기가 작아 보인다. 느려서 그렇지 차근차근 모양을 만들며 텐트 치기 성공. 우리가 오늘 밤을 보낼 보금자리. 캠핑에 사용되는 물품은 전부 처음 다루는 것이다. 주방도 만들고 테이블도 만들고 의자를 놓고 나니 집 한 채가 생겨났다. 잠자는 동안 많이 덥고 바닥이 울퉁불퉁하여 불편했지만 재미있는 첫 경험이 되었다. 이렇게 조금씩 다닌 캠핑이 어느덧 햇수로 3년 차. 타프는 이제 신랑과 내가 가볍게 완성한다.

처음은 언제나 기분 좋은 설렘을 준다. 설렘보다 조금 더 큰 두려움도 함께. 살아가면서 처음인 것이 얼마나 많은가. 그럼에도 처음부터 잘 되지 않는 것에 나를 몰아가는 삶을 살아왔다. 한 걸음만 떨어져도 잘 보일 것 같은 상황임에도, 마음에서 일어나는 감정에 사로잡히게 되면 아무것도 보이지도 들리지도 않는다. 내가 사로잡힌 그것만 보인다. 아마도 처음부터 잘하고 싶은 마음이 생기는 건 타인의 시선 때문인 것 같다. 캠핑장에서 다른 사람들은 여유롭게 텐트를 치고 있거나 아니면 이미 쳐놓고 쉬거나. 늦게 도착한 다른 사이트의 사람이 텐트를 우리보다 빠르게 치면 조바심이 회오리를 일으킨다. 타프가 완성되지 않아 텐트를 치지도 못하고 저녁을 준비하지도 못한 채 후회만 가득한 시간을 보내다 갈 거라는 생각이 앞서나간다. 불안한 마음이 들 때 더욱 시간을 달려 미래를 생각한다. 이런 상황이 되면 나만 괴로운 것이 아니라 내 주변 사람도 괴롭다. 내 불안을 이기지 못해 주변 사람에게 전가시키기 때문이다.

처음은 서툴 수밖에 없다. 모든 일에 처음이 있다는 것을 모르는 것도 아니다. 그럼에도 상황에 사로잡히는 걸 보면, 이 사실을 잊지 않기 위해 노력해야 할 것 같다. 나를 위해서, 그리고 내 아이를 위해서. 아이가 잘 되지 않는다며 울고불고할 때 나는 어떻게 이야기해줄 수 있을까? 사실 아이가 울면 짜증이 먼저 난다. 하지만 아이가 왜 울까? 그것을 먼저 생각해보면 짜증은 슬그머니 꽁무니를 뺀다.

내 딴에 아이를 이해시킨다고 조근조근 설명했다. 그러나 아이는 했던 말을 또 하고 또 했다. 뭐지? 나를 이해하는 일을 계속하다 보면 나에 대해 통달할 줄 알았다. 통달이 아니라 알아차림이 빨라졌다. 아이가 똑같은 말을 계속한다는 것은 무슨 뜻일까. 등 긁어 달라고 등을 내민 아이에게 엉덩이를 긁어줬다는 말이다. 집중하여 다시 듣기. 어이없어 보이기도 하고 막무가내 같아 보이는 이야기. 그래도 속상했을 아이의 마음을 제대로 짚어주면 아이는 금방 웃는 얼굴이 된다. 아이의 마음을 어떻게 딱 짚어 주냐고? 나는 나의 어린 시절을 떠올리기도 하고 아이가 말하는 곳에 '나'를 대입시키는 방법을 쓴다. 그럼 억울함도 생기고, 잘난 척 하고 싶은 마음이 앞서 예쁜 거짓말을 한 것도 보였다. 잘하다가 한 번씩 삑사리를 내는 가수 같을 때도 있다. 엄마니까 아이들보다 잘해야 한다. 완벽해야 한다. 많이 알아야 한다. 스스로 내 몫을 조이는 행동. 난, 좋은 엄마가 아닌 '그저 엄마'가 되려 한다. 아이들에겐 '좋은', '나쁜'이라는 수식어가 없는 '그저 엄마'가 필요하다.

아빠를 잃어버릴 뻔했던 사건으로 확신하게 됐다. 아빠는 돌보아야 할 대상이지 든든함을 느낄 수 있는 존재가 아니라고 느꼈다. 하나의 에피소드로 끝난 사건을 통해 아빠는 그저 아빠로 존재한다는 사실만으로도 이미 큰 자리를 차지하고 있었다.

자책하지 말자. 좋은 엄마, 나쁜 엄마를 떠나 '그저 엄마'임에는 틀림이 없으니까.

07
나의 행복이
당신들의 행복

불만투성이 삶에서 벗어나자 세상이 달라 보였다. 똑같은 세상에서 살고 있는데 마치 다른 행성에 온 것 같았다. 나는 나를 모른다는 생각을 하면서부터다. 나를 알아야 한다 생각하자 좋아졌다. 잘못되는 일은 내 탓이라 생각해서 괴로웠다. 괴로움에서 빠져나오려 남 탓도 했다. 세상 탓까지. 이토록 힘들고 눈물 나는 삶은 불공평했다. 도대체 언제부터 이렇게 살았는지 모르겠다. 스스로 구덩이를 파고 들어가 흙을 덮는 것처럼 소름이 돋았다. 나를 알아가는 일은 소름 먼저 돋는 일이었다.

자신을 공감하고 이해한다는 것은 지금 그대로의 나를 알아주는 것이다. 고통을 느끼면 그 사건을 두고 '나의 자리에 제일 좋아하는 친구를 대입해 보는 것도 도움이 됐다. 타인에게는 너그러운 마음이 나에게는 유독 단호하다는 걸 알아차릴 수 있다. 나조차 몰라주어 속상했을 그 마음을 알아주는 것. 내 속에서 일어나는 일 중에 슬픈 건 마음껏 슬퍼하고 기쁜 것을 마음껏 기뻐하는 등 내 마음을 알아주면 하늘을 날아오르는 풍선처럼 가벼워진다. 알아주어도 가벼워지지 않는 일들은 한 번, 두 번, 세 번 괜찮아질 때까지 봐주면 된다. 옷의 얼룩도 한 번에 빠지지 않아 여러 번 반복해서 씻어야 하는 것들이 있다. 노력과 시간을 들여야 한다. 여러 번 공을 들였으나 얼룩이 완전히 제거되지 않을 때도 있다. 그러나 처음의 얼룩과는 다르다. 얼룩도 그런데 마음이야 오죽할까.

나는 어떤 사람인가? 대답하기 쉽지 않은 질문이다. 엄마가 되고 워킹맘으로 살며 '나'는 사라졌다. 아이는 엄마 손이 전적으로 필요하다. 지금은 분유, 지금은 기저귀, 아직은 울 때가 아닌데? 그렇다면 잠이 오나? 모든 센서가 아이에게 향했다. 사무실에 출근하면 오늘 처리해야 할 일에 필요한 사람이 된다. 선순위 말소가 있으니 더욱 신경 써야 해. 상환금액을 꼼꼼하게 다시 점검한다. 상환할 은행에서 듣는 싫은 소리는 "죄송합니다." 하며 침과 함께 꿀꺽 삼킨다. 소화시켜야 할 것들이 가득인데 계속 삼켰더니 고장이 났나 보다. 나를 찾아야 해.

처음엔 배려였다. 남편을 위한, 동료를 위한, 가족을 위한. '나'를 향하고 있던 것은 처음부터 끝까지 '내 탓' 뿐이다. 나를 알아가는 일은 생각보다 어렵다. 어떻게 시작해야 할지 몰라 발을 동동 구르다 선택한 것은 점심 메뉴였다. 점심시간마다 무얼 먹을지 고민하는 메뉴 선택으로 곤욕을 치렀다. 시켜 먹을 때도, 나가서 먹을 때도 의견을 내지 않고 다른 사람의 메뉴를 따라갔다. 내 선택에 토를 다는 것이 싫기도 하고, '메뉴가 제각각 다르면 늦을 수밖에 없잖아.' 하는 마음에. 시작은 배려였는데, 뭔가 큰일을 치른 것도 아닌데 기호가 사라졌다. 이래서 지나친 배려는 독이 된다는 말이 있나 보다.

작은 일에도 그러니 큰 일은 두말하면 잔소리다. 점심시간이 다가 오면 혼자서 치르는 의식이 있다. '꿈아야, 너 오늘 뭐 먹을 거야?' 입 밖으로 말하는 건 일주일에 한 번 정도로만 한다. 먹고 싶은 걸 생각하는 것 자체가 중요했다. 내가 좋아하는 음식을 찾아야 하니까. 그리고 '너는 어때?'라고 포스트잇에 써서 컴퓨터 모니터에 붙여 뒀다. 어떤 일이건 내 마음은 괜찮은지 꼭 물어보겠다는 각오로. 이리저리 흔들리며 다른 이의 마음 살피기에 바빴던 내게는 정말 좋은 방법이었다.

엄마가 행복해야 아이들도 행복하게 자란다는 이야기를 자주 듣는다. 육아 책에서도 자주 등장하는 말이기도 하다. 그런데 도대체 어떻게 행복을 찾으란 이야기지? 나이 40을 넘기고도 내 행복을 생각한 적이 없었다. 두루뭉술하게 남편의 행복 또는 아이의 행복을 생각했다. 그것이 마치 나의 행복인 줄 알았다.

남편과 내가 손에 꼽힐 정도로 맞는 합 중 하나는 영화를 보는 거다. 아이와 함께 영화관을 가는 것은 힘들고 비용도 만만치 않아서 온라인으로 결제해 집에서 보는 걸 즐긴다. TV를 보던 아이가 영화 '패딩턴' 예고편을 보며 재미있겠다고 말했다. 꼬마 곰이 주인공으로 보이는 영화로 가족이 함께 보기에 좋아보였다. 주말 저녁 집에서 온 가족이 영화 '패딩턴'을 감상했다. 꼬마 곰의 개구진 모습에 내 나이, 내가 누구인지도 잊어버리고 웃었다. 우리가 늘 사용하는 생활 용품을 꼬마 곰은 다 처음이라 사용하는 것 자체가 코미디였다. 한참 웃다 보니 아들 둘이 나를 물끄러미 바라보고 있다.

"엄마 눈물이 날 만큼 재미있어요?"

"응, 엄마는 너무 웃으면 눈물을 잘 흘려."

대답을 하면서도 어깨를 들썩였고 눈물은 멈추지 않았다. 영화를 보는 내내 가족이 함께 웃을 수 있는 영화라 행복했다. 주말을 보내고 월요일 출근길. 아이가 뜬금없이 묻는다.

"엄마, 패딩턴 영화 정말 재미있었죠?"

"응."

월요일이라 그 여운이 가시지 않은 줄 알았다. 아이는 그 다음 날, 그 다음 날도 물으며 똑같은 질문을 일주일이나 계속 했다.

"W도 패딩턴 영화가 엄청 재미있었나봐?"

"네!"

일주일이나 똑같은 질문을 하는 아이의 마음이 궁금했다. 결론은 내가 미친 듯이 웃었기 때문이다.

내 아이가 엄마가 눈물까지 흘리며 웃는 모습을 언제 보았을까? 내가 생각해도 그런 기억이 없다. 너무 오랜만에 웃다 보니 배꼽은 영화 속 패팅턴이 사고를 쳐 흘러넘친 물에 쓸려가 버렸다. 그때 무릎을 탁 치며 알게 되었다. 엄마가 행복한 건 이런 상황을 두고 하는 말이 분명하다. 내가 많이 웃을수록 내 아이도 어떻게 하면 웃으며 살까를 생각하게 되지 않을까? 그래서 나는 행복할 거다.

08
당신의 마음에
내 마음을 포개보면

노오란 개나리꽃이 피기 시작했다. 아침과 저녁에도 집 밖에서 새들이 지저귀는 소리가 들린다. 봄이다. 만개한 벚꽃을 보며 살랑살랑 간지러운 연애가 하고 싶다는 생각이 들었다. 여기저기 봄이 오는 소리가 들리는데 마음에는 여전히 겨울바람이 분다.

얼마 전, 친한 친구가 남편과 이혼을 할 거라고 했다. 순간 두려움이 엄습했다. 내가 이혼을 하겠다는 것도 아니고 친구가 이혼을 한다는데 내가 왜 두렵지? '이혼하고 후회하면 어떻게 하려고 저래.'라는 생각이 따라 들었다. 그러나 이혼을 할 당사자가 가장 많은 생각을 하지 않았을까. 늘 말리는 입장에 서 있던 나다. 마음을 돌보는 일을 할 거라면서, 마음을 돌보아야 할 때마다 나는 사력을 다해 보지 않으려고 도망쳤다. 정말 친구를 생각하는 마음은 무엇일까? 친구의 진짜 속마음은 무엇일까? 궁금해졌다. 친구는 내게 이혼도 하고 이름도 바꾸고 팔자도 좀 바꿔 보려 한다고 했다. 예전 같으면 속으로 상상의 나래를 펼쳤겠지만 이번엔 용기 내어 물었다.

"근데, 이혼하고 이름 바꾸고 하면 팔자가 바뀔 거라고 생각하는 이유를 알려줘. 진짜 궁금해서 물어보는 거야."

"일단은 새로운 이름이니까 뭔가 새롭게 시작할 수 있을 것 같다는 마음가짐이고, 둘째는 점집에서 ○○ 씨랑 사는 한 절대 부자가 될 수 없다고 한 거고… 나 혼자서도 부자가 되긴 상식적으로 힘들긴 하지만 부잣집 도련님과 재가의 가능성이 0.01%라도 있지 않겠어? 크크크."

"부자 되면 뭐 할 거야?"

"꼭 부자가 되고 싶은 건 아닌데… 지금처럼 카드 값 나오는 날을 두려워하지 않으면 좋겠네. 크크크."

"그럼, 카드 값이 두려워서네?"

"마음을 잘 쓰는 사람 만나고 싶다. 지금 나는 바라는 것만 있네."

"그것이 네게 필요해서겠지."

"현재 것을 고치고 싶지가 않고."

"아직은 고치고 싶지 않겠지."

"저기 위에 하늘님 같은 분이 보면 웃기겠지만, 완전 새로운 사람이라면 잘 살 것 같다."

"하느님이 봐서 안 웃긴 사람 거의 없을 듯. 그래, 완전 새로운 사람. 그런 마음이 들면 살아봐야지. 그래야지."

"네가 언제 그런 이야기한 적 있는데… 상처가 생기면 시간이 지남에 따라 아물어서 어느 정도 괜찮아지긴 하겠지만 흉터가 남으면 그걸 볼 때마다 그때가 떠오를 거라고… 완전히 처음과 같지는 않을 거라고. 요즘 그 말 실감 한다."

당연히 기억하고 있다. 파릇파릇한 20대 때였다. 칼질을 하다가 왼쪽 검지 손톱과 가까운 부위의 살이 회처럼 떠졌다. 피도 많이 나도 아픈 것도 아픈 것이지만, 칼이 살을 가를 때의 섬뜩함이 전율하듯 온몸을 휘감았다. 다시는 경험하고 싶지 않은 느낌이었다. 오래 걸리긴 했지만, 시간이 지나니 상처는 아물었다. 그래도 한 번씩 상처가 눈에 들어왔고 몸서리쳐지며 그때와 같은 정도의 아픔은 아니지만 아픔도 되살아났다. 어떤 마음의 상처를 입었는지는 기억나지 않는다. 칼질하며 생긴 상처 이야기를 하며 시간이 지나 상처가 아문다고 해서 아픔이 사라지는 것 같지는 않다고 했다. 손가락도 마음도 분명 처음과 같지 않을 거라고. 친구가 그 이야기를 아직 기억하고 있으리라고는 생각하지 못했다. 20년이 더 지났지만, 번복하고 싶은 마음은 없었다. 하지만 친구는 이미 알고 있었다. 자신이 바뀌면 달라질 수 있다는 것을.

"이혼 서류 접수하면 술 한 잔 마시자. 그 술잔 기울일 때 네 옆에 있고 싶다."

"크크크크. 울려 버릴 테다, 너를."

"지금도 운다. 나 울보더라. 네가 아플 거 같아서 계속 눈물이 난다. 나는 무조건 네 편 할 거다."

"아이고~ 말을 이렇게 하지만 이혼 못할까봐 자꾸 읊어댄다. 보는 사람마다. 말이 씨가 되라고."

"이혼 못 할까봐 걱정하는 마음도 네 마음이지. 걱정 말그라. 누가 다 뭐라 해도 나는 네 편 할 거다."

나도 친구에게 털어놓았다. 서방님과 이혼하고 싶은 마음이 최근에 자주 들었다고. 하지만 알고 보면 이혼하고 싶은 진짜 속마음은 서방님과 잘 살고 싶은 거라고. 서방님을 사랑해서 결혼했다. 돈 많고 괜찮은 신랑감 있다며 한 번이라도 만나보라는 걸 거절한 이유는 사랑으로 살고 싶어서였다. 돈 많고 괜찮은 사람을 살아오면서 잘 보지 못한 탓에, 만나보지도 않고 괜찮을 리 없다고 생각했다. 사랑을 선택해서 한 결혼이고 사랑하며 살고 싶은 남자다. 이 남자가 나를 가장 사랑해 줄 거라고 믿었다. 아니 지금도 믿고 있다. 사람은 간사하며, 나도 다르지 못한 까닭에 괴롭다.

'사랑하는데 어떻게 그럴 수 있어?'

'사랑해서 조금 넘어가 주면 좋을 텐데.'

마음과 다르게 꼬치꼬치 묻고 따지게 된다. 조금 고되더라도 사랑으로 살고 싶은데, 성질난다고 오기로 다른 선택을 하게 될까 두렵고 무섭다고. 친구가 한 말 중에 마음에 걸리는 건…

"내가 이 사람을 사랑할 욕심이 없어진 거지. 마음에 사랑이 없으니 거지가 된 기분이야."

사랑하고자 하는 사람을 욕심내야 사랑할 수가 있는 걸까? 마음에 사랑이 없으니 거지가 된 기분이라는 말이 내 마음과 같아서 함께 거지가 되었다.

재미있는 건, 예전엔 친구를 말리며 5가지 이유를 제시했다면 친구는 10가지를 이유를 들먹이며 반박했다. 이번엔 제대로 친구와 공감하고 싶었다. 너무 무거워서 물어보지 못했던 것도 물어봤다. 잘못된 방식을 선택했다 느꼈기에 달라지고 싶었다. 그래서 덩치도 작은 친구에게 나를 포개어 덮었다. 숨 막혀 할 줄 알았는데 친구가 진짜 속마음을 털어놓았다. 많은 반성을 했다. 여태껏 친구를 위한다고 지껄였던 무수한 이야기가 정말 친구를 위한 말이었을까? 아프지 않고 성장할 수 있으면 더 좋을 것 같다는 욕심이 난다. 아픈만큼 성숙한다는 얄미운 말의 뜻을 알 것 같기도 하다.

단순한 삶을 원하며 알게 된 멋진롬 님의 블로그가 있다. 3번째 자녀를 출산하고 부산으로 이사 오셨다. 같은 지역의 하늘 아래에 살고 있다는 것이 묘한 가까움을 선사했다. 시선에 많은 신경을 쓰는 나와 다르게 또렷하게 드러나는 생각을 훔쳐보는 재미가 쏠쏠한 블로그다. 원하는 것을 대리만족시켜주는 블로그. 행동력이 갑이라서 흠칫 놀랄 때가 많다.

얼마 전 멋진롬 님이 〈로맨스는 별책부록〉이라는 드라마를 언급한 적이 있다. 달달한 로맨스보다 출판사라는 배경이 마음에 든다고 했다. 출판사라는 배경은 나도 관심이 있다. 글 쓰는 삶을 원하기에 어떻게 이루어지는지 궁금했다. 6회까지 방영했는데 찾아서 보았다. 배경은 출판사이지만 많은 것을 비출 수 있었다. 명문대 졸업생, 광고계에서 알아주는 주인공 강단이가 아이를 키우며 엄마로서 보낸 7년의 시간이 지나고 다시 취업하기 위해서 이력서를 넣고 면접을 보는 장면이 나왔다. 과거의 경력을 말하는 장면에서 "이 바닥이 참 많이 바뀌었다. 경력 단절이니 재취업이니 하면서 뭣도 모르고 소풍 오는 자리가 아니다."라며 7년이라는 시간을 쉽게 받아들일 수 없다는 입장을 밝혔다.

작년 말을 마지막으로 내 경력도 단절됐다. 아르바이트로 이어오던 경력도 더 이상 없어, 불안감에 휩싸였다. 화장실에서 면접관과 여자 주인공이 만나는 장면이 나왔다. 면접관이 말했다.

"내가 어떻게 지킨 직장인데 이제 와서 기어 나와?"

불과 얼마 전까지 지키고 있던 직장이 있었다. '어떻게'라는 말로 이해가 될 만큼 녹록치 않은 직장생활이었다. 그러나 아이를 키우다 다시 출근한 경단녀에게 저렇게 말하지는 않았다. 자신이 선택한 것임이 분명한데 왜 저렇게 상처를 줄까? 저렇게 상처를 주어야 하나? 그럼 자신은 속이 시원할까? 자신이 힘들었던 상황과 불행을, 아이를 키우며 함께 보냈을 여자 주인공에 덮어씌우고 있는 건 아닌가 하는 생각이 들었다. 그러다가도 또 면접관의 마음도 이해가 되었다. 얼마나 힘들었으면 저럴까? 잴 수 없는 눈물을 흘리지 않았을까.

화장실의 대화 장면을 보며 울고 있는 내가 있었다. 커피로 하루를 채우며 힘들게 지켰던 자리 생각이 나서. 뒤늦게 아이에게 주지 못했던 사랑을 줄 거라며 동동거리는 내가 안타까워서. 그러다 또 내가 다시 경력자로 취업하려고 그러나 싶었다. 만족감이 높은 일이긴 했다. 타인에게 도움을 줄 수 있는 일이니까. 남에게 도움을 준다는 사실은 삶에 많은 활력을 주었다.

경력자로 취업하지 않으면 다시 처음부터 시작해야 한다. 달달하지만 현실을 직면하게 하는 드라마였다. 다시 시작할 수 없을 거 같아서 무섭다. 하지만 해낼 거다. 어떤 일이든, 무엇이든 처음이 없는 일이란 건 없다. 나는 그걸 알고 있다. 그러니 할 수 있다.

9
마음이 편하려면
몸이 힘든 세상 이치

　삼일절. 국권 회복을 위해 민족자존의 기치를 드높였던 선열들의 위업을 기리고 1919년의 3·1독립 운동 정신을 계승하고 발전시켜 민족의 단결과 애국심을 고취하기 위하여 제정한 국경일.

　2018년 3월 1일. 살고 있는 나라의 단결과 애국심을 느끼기보다 쉴 수 있다는 것에 더 큰 의미를 부여한 날이다. 어제 저녁, 엄마가 전화할 거라고 예상했는데 보기 좋게 빗나갔다. 속으론 내심 기쁘면서도 불안했다. 남편과 식탁에 앉아서

　"내일은 늦잠 자고 하루 종일 뒹굴뒹굴 어때?"

　"장모님 가게에 안 가도 되겠어?"

　"엄마 전화도 안 하는데 꼭 가야겠어? 그리고 엄마 일 도와주기로 했을 때 주말 2번만 도와주기로 했잖아. 그래서 전화 안 하는 거 같은데. 아닌가?"

　"괜찮겠어?"

　"아 몰라. 알고 싶지 않아."

　알고 싶지 않았다.

엄마는 사업자 자격은 없지만 군청에서도 반쯤 인정하는 해산물 장사를 했다. 내가 초등학교, 중학교, 고등학교, 대학을 다니는 동안 엄마는 잦은 벌금을 냈다. 엄마는 얼마나 힘들게 살고 있는지 판사에게 보여줘야 한다고 했다. 그땐 몰랐지만, 벌금이 나오면 정식재판 청구를 한 듯했다. 반신불수로 제대로 걷기도 힘든 아빠를 데리고 법원으로 향했다. 아픈 남편과 아이들 셋을 키우는 자신에게 벌금이 너무 과하니 선처하여 줄여달라는 취지였을 것이다.

천막을 치고 장사를 하다 마을 횟집과 늘 싸움이 붙었고, 횟집에서 무허가 건물을 고발하는 악순환이 계속되었다. 10년이면 강산도 변한다 하니 서로 살아갈 방법을 조금씩 추가하며 합의점을 찾았다. 해산물과 전복죽만 파는 것이 합의점이었다. 회를 찾는 손님은 마을로 보내며 장사를 해왔다.

어촌계에서 해녀들이 장사할 수 있도록 건물을 지었다. 마치 회 센터를 연상시키는 건물이었다. 완공된 건물에 문제가 있다며 입주가 지연되다 2017년 10월 입주가 시작됐다. 대부분은 개인 장사를 시작했다. 평균 연령이 70세에 가깝다. 할머니에 가까운 엄마와 이모들. 도와줄 가족이 없는 사람은 2명씩 동업을 했다. 엄마는 전화해서 함께 장사를 하자고 해서 내 속을 뒤집어 놓기도 했다. 결국 엄마는 ○○이모와의 동업을 결정했다. 다행이라 생각했다. 개업을 준비하기 전, 가게에 가서 쓸고 닦고 설거지도 도왔다. 엄마는 성에 차지 않았는지 이리 말했다.

"○번 집은 대전에 사는 M도 왔다."

"O번 집은 딸들이 다 와서 도와준다."거나 "동업하는 ○○이모네 는 딸과 며느리까지 다 와서 도와준다. 너는 너무한 거 아니냐."고 했다. 엄마가 하는 이야기를 듣고 있자니 내가 너무 했다. 다음 주에 는 가서 도와드리겠다고 말했다. 오픈하고 함께 일하며 주말이나 평 일, 근처에서 일이 있어 가게에 들러보면 ○○이모는 보이지 않고 엄 마는 일을 하고 있었다. 안쓰러워서 돈 내고 죽 사 먹는 입장임에도 설거지까지 해주고 왔다. 그런데도 엄마는

"○○이모네 식구들은 찾아오는 손님이 많은데 니도 홍보를 좀 하 라."며 노골적으로 말하기도 했다.

해녀촌은 공동 장사를 시작할 때부터 다섯 집이 돌아가면서 야간 장사를 했다. 야간 장사는 말 그대로 밤새워 새벽 5시까지 장사를 하는 걸 말한다. 사업자 등록을 한 해녀촌도 14집이 돌아가며 야간 장사를 한다. 야간 장사를 5시 전에 끝내고 간 당번 집이 있을 땐 청소하러 갔다가 손님을 받기도 했다. ○○이모가 새벽에 손님을 받 았는데, 몇 팀이 동시에 들어왔는지 엄마에게 전화가 왔다고 했다. 건물도 분간하기 힘든 새벽 시간, 엄마는 자전거에 올라타 열심히 페달을 밟았다. 1분도 가지 못하고 텅 소리와 함께 넘어졌다고 한 다. 세상이 뱅글뱅글 돌고 별이 쏟아지더라는. 자신의 얼굴을 보지 못한 엄마는 아프지만 자전거를 찾아서 가게로 달렸다고 했다.

시간이 지나자 오른쪽 눈은 뜨지 못할 만큼 붓고 멍이 내려와 형 편없는 얼굴이 되었다. 온 몸이 쑤시고 아팠지만 장사를 해야 하니 참고 하루를 보냈단다. 그걸 본 다른 집 이모가 전화해서는 몸이 그 지경이 되었는데 병원을 안 가고 왜 그러냐고 답답하다 했단다. 하루

가 지나 엄마는 병원을 갔고 의사가 입원해야 한다고 했다고 했다.

'엄마의 빈자를 누군가는 메워야 할 텐데…'

생각했다. 듣게 되면 해줘야 직성이 풀리는 나는 묻지도 못했다. 3주 이상이라는 진단이 나왔다. 생각보다 멍도 붓기도 쉬이 가라앉지 않았다. 가게는 어떻게 하기로 했을까? 그러다 엄마에게 ○○이모한테 말해서 매출은 이모가 다 가져가고 사람을 사서 장사하라는 말을 하라고 말했다. 치료 2주 차가 끝날 무렵, ○○이모로부터 전화가 왔단다. 엄마에게 "당장 가게로 오소."라 했다고. 입원해 있던 엄마는 가지 않았다고 했다. 며칠 지나고 이모한테 전화 왔다고 한다.

"이번 주면 2주가 끝나니 다음 주부터 나와서 장사하소."

엄마는 병원의 만류에도 퇴원시켜달라고 졸라서 퇴원했다. 사업자 등록증을 내고 카드단말기를 설치했다. 그러고 월요일 장사하러 나갔드만 ○○이모의 말이 가관이다.

"장사를 하러 올 거면 전화라도 했어야지!" 하며 성질을 내고 갔다고 했다. 엄마는 이렇게 한 집을 두고 2주씩 각자 장사를 하게 됐다. 언니는 희귀병을 앓고 있는 데다 상주에 있다. 남동생은 파주에 산다. 어쩌다 부산에 거주하는 내가 주말 엄마 장사를 도와야 하는 상황에 빠졌다. 엄마는 장사를 하는 2주 동안 토요일과 일요일, 총 4번의 장사를 해줄 것을 요구했다. 나는 싫다고 했다. 한참 심리상담사 공부를 하며 나를 찾는 중이었다. 가슴은 방망이질 쳤지만 싫다고 했다. 4번 중 2번만 해주겠다고 했다. 그리고는 토요일과 일요일 중 원하는 요일을 말하던지 아니면 토요일과 일요일 달아서 2번을 해주겠다고 했다. 속으론 이미 4번을 다 할 것을 알고 있었지만 의지를 보여야 했다.

　따로 전화가 없었다는 건 엄마도 인지를 했다고 생각했다. 다른 날은 주말 전에 꼭 전화해서 "이번 주 올 거제?" 하며 확인 전화를 했기 때문이다. 말하기 전에 먼저 제공하는 나를 고치기로 마음먹기도 했다.

　"내일은 빈둥빈둥거릴 거야."

　의심의 눈초리를 보내는 서방님에게 "할 수 있어." 하며 호언장담을 했다. 찝찝함이 있기는 했지만, 삼일절 아침에도 엄마는 전화가 없었다. 해냈다는 자신감에 가벼워진 마음이었다. 무거운 몸도 가벼워지지 않을까 기대했다. 남편과 아이들 아침도 굶기고 창으로 들어오는 따뜻한 햇살을 받자 행복하다 생각이 들었다. 겨우 일으켜 세운 몸으로 끼니를 해결하기 위해 남편과 평일 데이트를 즐겼던 '공복이'로 향했다. 온천천 근처라 조금 이른 봄을 느끼기에도 안성맞춤이겠거니 했다. 맛있는 밥을 먹고 내친김에 커피까지 한 잔 하자며 근처 카페로 자리를 옮겼다. 전면 통유리인 카페는 햇살을 그대로 받아들여 졸렸다. 그때, 잠을 깨우듯 울리는 전화벨 소리. 스마트폰에 찍힌 이름. 우리 엄마. 순간 숨이 쉬어지지 않았다.

　"여보세요?"

　"니는 어째 그래 인정머리가 없노."

　"예?"

　"휴일날 엄마 바쁜지 전화도 한 통 없는데, 그기 인정머리 없는 거지."

　"하하하하." 멋쩍게 웃다가 "지금이라도 가까요?" 했다.

"당장 온나."

"네."

아이고, 내 가족의 의사는 묻지도 않고 나도 모르게 대답을 했다. 바쁘게 정리하며 나서는 나를 따라 아무 말 없이 함께 일어서는 서방님이 고마웠다. 휴일이라 차가 막혀서 1시간 30분이 걸려서 도착했다. 엄마는 많이 지쳤는지 딸이 온지도 모르고 식탁을 치우고 있었다. 뒷모습이 쓸쓸해서 새끼발가락 위의 물집처럼 아려왔다.

마음이 편하면 몸이 고달프다. 마음이 불편하면 몸이 조금 수월한 것을 깨닫게 된다. 삶이란 늘 선택의 갈림길에 서 있다. 한쪽은 행복, 한쪽은 불행이 아니다. 조금 더 잘 견딜 수 있는 것을 선택하는 것이다.

2019년 3월 1일. 1년이 지난 오늘. 엄마 가게를 찾는 단골손님이 조금 늘었다. 엄마의 전화 따위는 이제 기다리지 않는다. 스스로 가방을 챙기고 가게로 향한다. 몸은 고달프나 엄마와 나, 이젠 서방님까지 찾는 손님이 있다. 서빙만 하며 멀뚱멀뚱 엄마를 바라보던 나. 이젠 해산물도 손질하고 전복죽도 끓인다. 마누라 생각해서 서빙을 해주는 서방님을 돕기도 한다. 효도? 그런 거 모른다. 그저 지금 엄마에게 필요한 것을 생각했다. 그리고 내가 할 수 있는 것을 생각했다. 두 가지를 보면 최상의 선택이다. 서방님께는 피곤한 2주일 것이다. 잊지 않고 감사함을 전한다.

엄마 가게를 돕는 탓에 방치되어야 하는 아이들에 대한 죄책감도 컸다. 하지만 아이들은 엄마와 아빠를 보며 배울 것이다. 돈은 그저 버는 게 아니라 것을. 일을 해야 한다는 것을. 바쁠 땐 아이들의 점심도 거르고 오후 4시나 5시에 점심을 먹기도 한다. 1년을 보낸 지금, 방치한다는 죄책감 대신 마음껏 논다고 생각하기로 했다. 이젠 늦은 점심을 예상해서 컵라면을 산다. 아이들이 스스로 끓여 먹을 수 있도록 가르쳤다. 그리고 대책 없는 믿음을 남발한다. 놓아야 할 필요가 있는 통제, 엄마 가게 덕분에 강제로 좋아지고 있다. 어쩔 수 없는 상황에 놓이게 되면서 통제는 생각조차 할 수 없으니까.

10
처음부터 잘하는 사람이 이상해

뇌동정맥기형이 의심되어 뇌혈관 조영술을 받았다. 진단을 받지 않았지만 위험성을 보유한 만큼 정기적 검사를 받아야 한다. 한 남자의 아내란 사실보다 두 아이의 엄마라는 사실이 살아야 한다는 의지를 높였다. 앞뒤 보지 않고 전력 질주하듯이 살아온 내 삶에 쉼표를 찍어야겠다는 생각이 들었다. 아이들의 기억 속에 웃고 있는 엄마의 모습을 남겨주고 싶었다. 병원에서 정밀검사가 필요하다는 전화를 받고 검사를 받는 동안, 병원을 나가면 건강에 꼭 시간을 투자하겠다고 다짐했다.

강제성이 없으면 지키기 힘든 나는 금 펀드를 깨서 오픈한 휘트니스 센터에 1년을 등록했다. 헬스는 재미가 없어서 결혼 전에 했던 에어로빅을 시작했다. 들어간 돈의 본전 생각에 주 3회는 꼭 지키기로 다짐했다. 월, 수, 금 주 3회 에어로빅을 하는 Y가 운동 후 씻고 나온 내게 웃으며 "나이가 어떻게 되세요?"라고 물었다(함께 운동한지 족히 2달은 지났는데 이제야 나이가 궁금했나 보다).

"저요? 올해 마흔셋이요(빠른 78년생으로 사회 생활할 때마다 혼동이 생겨서 난 한 살 많게 살고 있다)."

"어머, 서른다섯 정도 봤어요. 저보다 동생인 줄 알았는데."

"우와 진짜요? 주말에 엄마 가게 일 도우러 가거든요. 옆집 이모가 친언니(48살)보다 제가 더 언니 같다며 놀렸는데. 기운 납니다."

G.X 룸에서 들려오는 줌바의 음악 소리에 어깨가 들썩인다.

"엄청 동안인데 비결이 뭐예요?"

"비결이요? 음- 나를 공부하고 나서 얼굴이 좋아졌어요."

"나를 공부한다고요?"

씻으러 들어가는 그녀가 옷을 입고 나가려는 찰나 내게 물었다.

웃으며 답했다.

"네."

"어떻게 나를 공부하게 됐어요?"

"아이 키우며 직장생활을 하는데 너무 불행하다 싶었어요. 아이와 함께하는 출근 시간이 전쟁이었어요. 이렇게 살다가 곧 죽을 것 같았거든요. 그러던 어느 날."

"말씀을 너무 잘하신다…"

"네? 하하하."

"근데, 나를 공부하려면 제일 먼저 뭘 해야 해요?"

"음, 그거에 대해선 우리 내일 이야기해요."

나오며 생각에 잠겼다. 처음이 어디였을까? 어느 드라마의 대사처럼 봄에서 여름으로 바뀌는 계절. 여름이 된 시점이 여기라고 말할 수 있을까. 나를 알아야 한다고 말했지만, 막상 "어떻게 시작하면 될까요?"라고 묻는 그녀에게 뭐라고 이야기하면 될지 난감했다. 햇살을 받으며 도서관으로 향하다 문득 떠오른 '관심'이란 두 글자. 내게 관심을 가져야 하는 것이 처음이 아닐까 생각되었다.

다음 날 아침 운동하기 전 그녀를 만났다. "Y 씨, 어제 뭘 먼저 해야 되는지 물었잖아요. 생각해봤는데 나한테 관심을 가져야 할 거 같아요."

"관심이요?"

"네."

그때 마침 취미로 사진을 찍는 ○○언니가 들어왔다. 60대에 가까운 나이. 언니에게 내가 원하는 답을 들을 수도 있지 않을까 생각했다.

"언니, 취미로 사진 찍으시잖아요. 처음부터 사진이 좋아서 시작한 거예요? 아니면 찍다 보니까 좋아진 거예요?"

"어?"

"다른 게 아니라 자기가 뭘 좋아하는지 아는 것도 축복받은 일인 거 같아서요. 저 같은 경우 제가 뭘 좋아하는지 찾아도 정확히 모르겠거든요."

"아~."

"나는 지금 너희들이 부럽다. 아직 젊은 나이잖아. 우리 때야 다들 자식 키우는 것만 생각했지. 자식 잘되는 게 내가 잘되는 일이라고도 생각했고. 먹고 사는 것도 쉽지 않았지. 그런데 아이들이 크고 나니까 마음이 헛헛 하드라. 그래서 하나씩 시작하다 알게 되었지."

"예전에는 생활이 어려워 사는 것이 힘들다고 했는데, 요즘은 오히려 생활이 편리해져서 생기는 아픈 것들이 있는 것도 같아요."

운동 시작시간을 알리는 음악이 울려 퍼진다. G.X 룸을 향해 흩어졌다.

심리상담 수업 시간에 교수님이 말씀하셨다. 그때는 혼자만의 공부에 심취해 있었다.

"요즘 꿈아 선생님 얼굴이 좋아 보이시네요?"

"네?"

얼굴은 이내 손톱에 물들인 복숭아 꽃물처럼 물들었다. 여기저기서 목소리가 들려온다.

"맞아요~!"

"정말 그런가요?"

나도 모르는 사이 얼굴이 좋아졌다고? 심리상담사 수업과 미술심리상담사 수업을 겹쳐서 듣고 있을 때였다. 두 수업에서 모두 듣게 된 이야기다. 주위에서 하는 반응이 이해가 되지 않았다. 처음엔 '놀리나?' 하고 생각하기도 했다. 마음에 들지 않는 행동을 하는 타인에게 속으로 불평을 늘어놓았다. 결국 그건 나를 대하는 태도였다. 옳고 그름의 도덕적 잣대까지 가져다 놓고 사람이 저러면 안 되는 거라며 혼자 고고한 척했다. 나를 갉아먹는 벌레와 같은 생각이었다. 하지만 타인을 보는 태도에 변화가 있는 나를 발견했다. 노력이 빛을 발하는 순간이 온 거다.

처음엔 웃었다. 변화하는데 나를 아는 것이 무슨 도움이 되는 걸까 하고. 여태껏 나 자신을 내가 얼마나 힘들게 했는지. 타인에게 대는 잣대보다 자신에게 대는 잣대는 더 꼼꼼하고 촘촘했다.

'사람은 근본이 있어야 한다.'

'말을 듣지 않으면 매를 들어야 한다.'

'~는 ~해야 한다.'라는 틀을 두고 나를 평가하고 타인을 평가했다.

이 틀에는 타인의 시선이 가득하다. 내가 이런 행동을 하면 다른 사람들이 나를 어떻게 생각할까? 부끄러운 머릿속이 훤히 드러나는 순간이었다. 내가 짜놓은 틀로 사람을 보니, 그 기준에 어긋나면 불평이 생길 수밖에 없는 것이 당연한 이치였다. 삶 속에서 '나' 자신이 없으니 생기는 현상이었다. '나'가 중요하면 타인을 평가할 겨를이 없다. '아~ 저 사람은 저런 면이 있네.', '저 사람은 저런 걸 중요시 하는구나.'로 끝나버리는 상황을 경험했다. 삶에서 많은 부분을 차지하는 마음이 편안해지는 걸 경험했다. 마음이 편안하면 얼굴이 좋아지는 건 덤이다.

직장생활을 하며 내가 참아서 상황이 유지되면 좋은 것이라 생각했다. 불합리하지만 두어 개 손해 보고 다른 직원들에게 양보한 적도 여러 번이었다. 결과를 먼저 말하자면, 참혹했다. 내가 참는다고 일어날 일이 일어나지 않는 게 아니었다. 내가 가질 것을 포기한다고 해서 유지되는 것도 아니었다. 그들이 원한 건 나의 양보가 아니었다.

직원들 모두와 잘 지내고 싶은 마음이 진심인 건 확실하다. 하지만 조금 더 속으로 들어가 보면 '내가 참고 포기할 터이니 너도 어느 정도는 참아.'라는 생각이 깔려있었다. 내가 백번 양보했음에도 자기 멋대로 행동하는 직원들을 보면 뒤통수를 맞은 기분이 들었다. 지나치게 마음이 꺼질 땐 내가 인생을 헛살았구나 싶기도 했다. 욕심이었다. 잘못된 생각. 잘못된 시선. 눈은 밖을 보기가 쉽다. 그래서 내면은 가꾸지 않으면 무성한 숲이 되어 내 것이지만 보기가 어렵다.

○○언니의 말처럼 처음부터가 완벽하게 해낼 수 있는 일이 얼마

나 될까. 나를 이해하는 일이 즐거운 것만은 아니다. 그러나 야수가 길들여지듯 점점 사람이 되어가는 기분이 들었다. 나를 알면 꿈의 직업을 찾을 수 있을 거 같았다.

그러나 시간이 흐를수록 '과연 꿈의 직업이란 게 있을까?'라는 의문에 쌓였다. 꿈의 직업이라는 타이틀을 달고 일할 수 있는 일이 있을까 싶다. 경험을 하며 접하는 일 중에 재미를 느끼며 계속하여 긴 시간이 흘렀을 때도 하고 있는 일. 그 일에 꿈의 직업이라는 타이틀을 타인이 붙이는 것이 아닐까 생각하게 됐다. 내가 삶의 쉼표를 주기 위해 접게 된 법무사 사무원 경력도 10년이 넘었다. 못해도 15년이 되면 꿈의 직업을 찾은 신입생이 되지 않았을까. 꿈의 직업 타이틀을 붙이고 싶었던 것도 다른 사람을 의식한 행동이 아닌가 싶다.

혼자서 살 수 없는 세상이라 다른 사람의 시선을 아예 없애고 살 수는 없겠지만, 그 중심은 '나'가 되어야 한다. 내가 없는 삶은 쉽게 무너진다.

대장암 선고를 받고 수술하셔야 하는 아버님 일로 서방님과 이야기를 나누었다. 선뜻 드는 마음. 부산대학병원을 알아보라고 말하고 싶었다. 여태껏 살아온 습관으론 그렇다. 하지만 이번엔 절대 그러지 않겠노라 마음먹었다. 시댁의 일이라서가 아니다. 보이지 않는 경계를 지키는 일이라 생각해서다. 검사를 위해 입원한 아버님께도 자식이 4명인데 우르르 몰려다니지 않고 나누어서 가벼워지는 것이 좋을 것 같다는 의견을 냈다. 둘째 고모는 기름 값이 없어서 병원에 못가겠다고 말했단다. 매번 이런 식이다. 그래. 이건 내가 결혼해서 서방님이 장남이라고 면을 세워준다는 이름하에 오지랖을 떨어댄 결과이다. 시골을 내려갈 때 드는 부대비용도 내 삶에 돈이 적게 들어가는 지금에나 할 수 있는 거라 생각했다. 명절이면 조그마한 것이라도 나누어 즐겁게 맞이하고 싶었다. 그러고 보니 고모들에게 선물이라곤 받아본 적이 없다. 바라고 한 건 아니지만 내 행동이 '우리는 그럴 형편이 된다'고 인식하게 만든 것이다. 아버님 어머님 환갑잔치 비용도 장남이 마련해야 한다 생각해 서방님과 내가 전부 부담했다.

고마움을 바란 건 아니었다. 그저 도리를 다한다 생각했다. 나는 싸구려 스킨 로션을 발라도 어머님 생신 때는 소고기를 사 드리고 싶어 그렇게 했다. 친청 엄마 아빠에게도 소고기를 못 사줬는데. 나름 최선을 다해서 가랑이 찢어질 정도로 했는데 "네가 한 것이 무엇이냐?"라는 질문에는 답할 수가 없었다. 그리고 집안의 일이 생길 때 마다 서방님과 내가 알아서 할 거라 생각하는 것. 그 사람들이 나빠서가 아니라, 고마움도 느끼지 못할 정도로 해버린 내 잘못이었다. 솔직히 전일제로 근무하며 월급쟁이 한다고 큰돈 작은돈 따지기는 뭐하나 돈지랄을 한 것은 틀림이 없었다. 나를 위해서 조금이라도 쓸 것 그랬다. 그럼 이토록 허무하지는 않을 것이다. 시키지도 않은 짓을 하고는 괴로워하는 꼴이라니. 참 안타깝다.

그냥 흐르는 시간은 없다. 이젠 반복하지 않으면 된다. '나' 자신이 없는 일은 어떻게 되는지 결과를 보았기에. 그러고도 안 되는 일은 내 능력 밖의 일로 치부하고 넘겨야 하는 거다.

11
쓰레기라도 써야겠습니다

초등학교 4학년 초였던 것으로 기억한다. 반 친구들 대부분이 학습지를 가지고 있었다. 먹는 것만 해결되어도 한숨 돌리는 형편상 엄마에게 학습지를 사 달라고 말하지 못했다. 운수대통할 때는 얻을 수 있는 기회가 있기도 했다. 학습지를 갖고 싶다는 생각이 간절했다. 옆 짝꿍에게 보여달라고 부탁했다. 이달학습의 부록으로 문제집 속에 포함된 동시집이 있었다. 부록의 동시집에는 아이들이 지은 시에 어울릴 법한 그림도 함께 있었다. 예쁘다. 동시집을 꼼꼼하게 읽어보니 최우수상이 아니더라도 책에 글이 실리고 이달학습 한 권을 받을 수 있었다. 최우수상 같은 건 필요 없다. 글이 실리기만 하면 문제집 한 권이 내게 온다는 것 아닌가. 목표는 글이 실린 것. 거기에 내가 쓴 시가 정말 될까? 하는 궁금증도 크게 작용했다. 어디서 용기가 났는지. 즐겁고 재미나게 시를 적었다. 모방은 창조의 어머니라고 했지. 다른 사람들의 시도 읽어가며 시를 적어 보냈다. 그리고 잊어버렸다. 그만큼의 시간이 흘렀다.

학교 갔다가 집으로 돌아오니 등기 봉투가 하나 있었는데, 받는 사람에 내 이름 석 자가 또렷하게 적혀져 있었다. 두 손이 보이지 않을 정도로 빠르게 봉투를 뜯었다. 이달학습 한 권. 떨리는 마음으로 부록 책을 펼치며 시를 찾았다. 세상에나! 내가 쓴 글이 모두가 보는 학습지에 실렸다. '나도 할 수 있구나!' 하는 환희에 차서 방구석을 뛰어다니며 소리를 질렀다.

중학교에 진학했다. 교실의 뒤편에 학급 게시판이 있었다. 학생들이 꾸며야 하는 게시판에는 글짓기 코너도 있었다. 선생님께서 자진해서 글짓기 할 친구를 찾았다. 행여나 선생님과 눈이 마주칠까 고개를 떨구고 아무도 손을 들지 않았다. 그럼 추천할 사람은 없냐는 선생님의 말씀에 고맙게도 친구가 초등학교 때 이달학습에 제출한 시가 실린 적이 있다며 나를 추천했다. 자신들은 어떻게든 피해 보겠다는 마음이 아니었나 싶다. 어물쩍 시를 쓰고 친구들이 다 보는 교실에 걸었다.

어느 날 선생님이 나를 불렀다. 시를 지어본 경험이 있으니 시조를 배워 볼 생각이 없냐고 물었다. 두 손을 만지작거리니 시조의 매력에 대해 설명하시며 한번 해보라고 했다. 엉겁결에 해보겠다고 했다. 선생님은 수업과는 별개로 나를 불러서 시조에 대한 설명을 하고 시조를 지어오라고 했다. 시조를 접하며 가장 어려웠지만 매력적으로 느낀 부분은 음절이었다. 하루에 한 편의 시조를 적고 3일 또는 일주일의 노트를 검사받고 퇴고하는 작업을 거쳤다. 노트의 시조 위로 선생님이 쫙쫙 그어놓은 빨간 선과 '다시'라는 단어를 확인하면 다리에 힘이 풀렸다. 노트를 펼칠 때 마치 선생님이 내 옆에 있는 것처럼 떨리고 힘이 꽉 들어간 눈이 떠올라 무서웠다.

그때는 세상을 다 살아버린 사람처럼 글이 어둡다는 지적을 많이 받았다. 희망찬 글을 쓰라고 여러 번 이야기하셨는데, 희망이 없었던 건 아닌가 싶기도 하다. 어찌 되었건 선생님이 말씀하신 차성문화제 시조 부문에 참여하고 참방을 수상했다. 큰 상은 아니었지만 상을 받은 것이 글을 계속해서 그리워하며 쓸 수 있도록 힘이 되어 주었다.

93년도에 대전 엑스포가 열렸다. 마스코트 꿈돌이가 되어 전 세계 어린이들에게 편지를 쓰는 글짓기 대회가 열렸다. 해보겠다고 하자 친구들의 만류가 이어졌다. 그러나 도전했다. 마치 꿈돌이가 된 듯 '내가 꿈돌이라면 이렇게 말할 거야!' 하고 생각하는 것들로 편지를 썼다. 전국적으로 시행된 대회여서인지 학교 단상에 올라서 상을 받은 걸로 기억한다. 작지만 하나둘 쌓인 경험 덕분에 시나브로 글짓기에 대한 사랑이 마음속에서 서서히 자라났다.

엄마에게 예술고등학교를 보내주면 안 되겠냐고 물어봤다. 대답은 "안 돼."였다. 예술고등학교가 돈이 얼마나 많이 드는데. 우리 집 살림에는 어림도 없다고 했다. 자세히 알아보지 않았지만 나도 그렇게 알고 있었다. 동네에 발레 하는 집이 있다고 했는데, 잘 사는 집인데도 불구하고 다 날려 먹었다고 표현했다. 유독 엄마는 안 된다고 하면서 "내 눈에 흙이 들어가기 전에는 절대 안 된다."는 말까지 썼다.

"글만 쓰니까 돈이 많이 안 들지도 몰라요."

기어들어가는 소리도 한 번 더 말해보았지만 똑같은 대답이 들려왔다.

상업고등학교를 졸업하고 전문대학에 진학하여 문학회 동아리를 찾았다. 해운대 바닷가로 시상 스케치도 가고, 학교 축제에 맞추어 시화전도 열었다. 내가 쓴 시를 맡기면 그림을 그려 액자로 완성되었다. 아무것도 아닌 그 액자 하나를 완성하기 위해서 선배들을 찾아가 시를 퇴고하고 마지막 기한을 맞추기 위해서 밤을 지새우기까지 했다. 분명 내가 좋아하는 일이다. 졸업하고도 선배와 후배들은 시를 썼다. 매번 모임이 있어서 참석하고 이야기를 나눈다고 했다.

결혼 전까지 내 삶은 엄마에게 저당 잡혀 있었다. 아니, 현재도 저당 잡혀 있는 것 같은 기분에 사로잡힐 때가 가끔 있다. 퍽퍽한 닭가슴살을 삼킨 것처럼 목이 막혔다. 집안일, 엄마 가게 일을 돕는 내 입장에선 그저 그 모임에 참석하는 사람이 부러울 따름이었다. 그 세계는 나와 동떨어진 또 다른 세계였다.

먹는 것이 먼저 해결되어야 할 어린 시절의 삶 속에서, 마음이 원하고 마음이 시키는 일을 찾는 건 사치라고 여겼다. 그저 글을 쓰면 오롯이 나를 만날 수 있다는 게 좋았다. 시를 쓸 땐 마음껏 행복했다. 마음껏 슬프기도 했다. 경험할 수 없었던 것에 대한 환상을 마치 경험했던 것처럼 쓰는 것도 가능했다. 살아오면서 글을 쓴다는 것은 아무것도 없는 내 삶에 남은 한줄기 꿈이었다.

함축적 의미를 가지고 있는 시를 쓰는 것은 매력적이다. 설사 내가 이런 뜻으로 썼다 해도, 읽는 사람이 단박에 알아차린 것 같으면 그게 아니라고 둘러댈 수도 있다. 시는 내 마음을 속이기에 알맞았다. 감정을 제대로 표현하지 못하고 살아온 내게, 시는 고른 숨을 쉴 수 있도록 숨통을 틔워주었다.

심리 상담을 배우며 집단 상담의 첫 번째 시간. 닉네임과 닉네임 앞에 형용사를 붙이는 작업을 했다. '솔직한 마주보기'가 나다. 작업한 닉네임으로 소개하는 시간을 가지는데, 첫 시간부터 목소리가 떨리고 울먹이며 눈물이 왈칵 쏟아지는 경험을 했다.

'이건 뭐지?'

나도 너무 당혹스러웠다. 예리한 교수님께서는 그냥 지나치지 않고 질문하셨다.

"첫 시간부터 이렇게 감정이 올라오시는 분이 잘 없는데… 눈물이 나는데 생각나는 일이 있으세요?"

"아니요."

나는 또 거짓말을 했다. 내가 너무 가여워서 눈물이 났다. 약해 보이지 않으려고, 나를 보여주지 않으려고 눈물이 나도 울지 않았다. 혹여나 마음이 약해지면 내가 바로 서지 못할 것 같아서 두려웠다. 그렇게 나를 잘 볼 수 없게 꽁꽁 싸매고 있으면서 남들이 알아주지 않는다며 속상해했다. 외로웠다. 공허함을 느꼈다. 바쁜 생활 속에서도 엄마는 정직에 관해서 만큼은 가르치셨다. 두들겨 맞고 부끄러움을 당하며 정직을 배웠지만, 정작 내 마음에게는 정직하지 못했다.

글 쓰는 것에 대한 갈증은 친구와 주고받는 편지로 풀었다. 고등학교 때 컴퓨터 학원에서 알게 된 친구 쑥. 학교도 다른데 끌리듯 우리는 눈인사를 주고받았고, 자연스레 손편지로 이어졌다. 같은 전문대학에 진학했지만 학과는 다르게 선택했다. 여기저기 걸쳐 있는 사무자동화과가 내겐 매력적이었다. 돈을 벌어야 한다는 것에 강박이 있었나보다. 그래도 동아리는 같은 동아리.

졸업 후 직장을 다니며 꾸준하게 편지를 주고받았다. 어떻게 사는 것이 잘사는 것인가에 대한 끊임없는 질문과 답을 했다. 아직도 끝나지 않은 질문이다.

심리상담 공부를 하며 나를 알아가는 걸 따로 기록하지 않았다. 기록이 없으니 기억이 없다. 현재의 글쓰기는 나를 만나는 또 다른 방법이다. 그리고 나를 만들어 가는 방법이기도 하다. 기록이 있으니 너무 적나라하게 나를 알게 되어 놀라는 경우가 많다. 때론 '내가 이런 표현을 했어?' 하며 의아하게 생각할 때도 있다.

집단상담 과정에 꿈에 대해 작업하고 나누는 부분이 있다. 지나온 시간을 살펴보며 내 건강한 면을 찾을 때에도 글이 있었다. 나이가 들었을 즈음에는 내 이름이 적힌 책이 한 권을 내겠다고 다짐했다. 조금 이르긴 하지만 시작했다. 이은대 작가님은 '책을 내는 건 잘 쓰는 사람이 아니라 끝까지 쓰는 힘을 가진 사람'이라고 했다.

칼은 뽑았고, 이제는 무라도 썰어야 한다.

12
내가 변하면
모든 것이 변한다

내 생일과 일주일 뒤 H의 생일을 한 번에 해결하는 저녁 식사 날이 되었다. 점심쯤이면 H의 카톡 메시지가 올 것이다.

"꿈아 씨~ 안뇽, 안뇽. 우리 오늘 저녁에 뭐 먹을까요?"

"아무거나."

"그럼 한식, 중식, 양식 중에 하나만 골라요."

"음~."

분기별로 만나는 날, 카톡 대화에서 빠지지 않고 등장하는 문장이다. 다녀보지도 않았고, 돈을 아낀다는 이유로 밖에서 사 먹은 음식도 적다. 외식을 한다고 해봐야 늘 거기서 거기. 이번엔 내가 찾아봐야지.

서로의 집으로 가는 길이 가까운 시청 근처로 장소를 정했다. 중식과 양식은 당기지 않는다. 그렇다면 한식과 고기집 정도로 추리고 찾아야 한다. 다른 이들은 기호가 명확한 거 같은데 '뭐 먹지?'가 늘 머릿속에 있는 나는 왜 이런가 자책하다 '샐러드 좋아하잖아.' 하는 생각에 샐러드를 검색어로 넣었다. 검색된 음식점 중에 샤브샤브 집이 눈에 들어온다. 이것저것 골고루 맛보는 것도 좋아하니 너로 정했다.

띠리리리링.

카톡 음이 울렸다. 이번에도 하며 대화창을 열었다.

"오늘 저녁은 통돼지김치찌개+스타벅스 어때용?"

"나 물에 빠진 돼지고기 싫어요."

"훗. 이 사무장님이 맞았엉. 꿈아는 그거 안 좋아한다 그랬는딩. 크크크크."

"하하하."

"그렇다면 오랜만에 마조레 어때용?"

"오늘 점심을 거기서 먹었어요. 크크크."

"그렇다면 딴 곳으로~."

"내가 찾아봤다. 잠만."

"오호~!"

칼퇴한 H를 은빛 펄 휘날리는 K5 애마에 태워 음식점으로 향했다. 오랜 시간을 달린 애마가 덜커덩거린다. 주차를 하고 2층으로 올라가자 따스한 조명이 비추는 깔끔한 공간이 나왔다. 처음으로 내가 선택한 음식점이 기대 이상으로 좋아 엉덩이가 들썩였다. 샐러드 바의 음식 종류는 다양했다. 욕심내어 3접시를 담아 테이블로 돌아왔다. H 역시 3접시다. 서로 눈을 마주치곤 웃는다. H는 상담 공부를 함께 한 전 직장 동료이다. 자격증을 취득하고 상담을 위해 만나거나 하지는 않지만, 각자가 어떻게 사용하는지, 어떻게 살아가는지에 대해 종종 이야기를 나눈다.

한창 이야기를 나눌 때 전화가 걸려왔다. L의 목소리가 좋지 않아 앞에 사람이 있는데도 전화를 끊지 못했다. 무슨 일인지 물어보니 올해 초등학교에 입학한 딸아이 이야기였다. H에게는 미안했지만 긴급한 전화라 여겨졌다. 그녀는 이해할 것이라 확신했다. 제법 통화가 길어졌다 느껴질 때 큰아이에게 전화가 왔다. 이야기가 마무리되지 않아 무시했다. 어디서 저녁을 먹을 것인지 묻는 일상의 전화일 거라 생각했다. 그런데 통화가 어려울 만큼 계속 전화가 걸려온다. 6번째다. 도저히 안 되겠다 싶어서 L에게 상황을 설명하고 서둘러 전화를 끊었다. 메시지도 여러 통 들어오고 있어 무슨 일이 생겼구나 싶을 때 남편의 전화가 걸려왔다. 숨 쉬기가 곤란해졌다.

'무슨 일이지?'

"여보세요?"

"엄마."

"M이가."

"근데, 날름이가 죽어가지고 땅에 묻어줬어."

"날름이가 죽었다고?"

"응."

"날름이가 왜?"

"몰라."

"날름이 안 움직여?"

"응, 그래서 땅에 묻어줬어."

"진짜?"

"응."

"어머, 무슨 일이야"

"둥이는 살아나고 있지만."

"아니, 날름이 괜찮았는데."

"아니야, 어~ 어~ 숨도 안 쉬고 있었어. 죽어 있었어. 눈도 뜨고."

"그니까 날름이 억수로 스트레스 받았나부다. 불쌍해서 어떻게 해."

대답은 없고 웅성웅성 거리는 소리가 들린다.

"M, 속상하지? 아, 그런데 날름이는 형아 꺼지? M 많이 속상해?"

적잖이 당황한 내가 속으로 할 말 밖으로 할 말을 구분하지 못하고 뱉어내고 있다.

"내가 둥이 형아 꺼로 해줄게."

"둥이 형아 꺼로 해줄 거야? 형아 울었어?"

대답 없이 또 웅성웅성.

"M, 형아 울었나?"

"응?"

"형아 울었어?"

"응, 나도 울었어."

"M도 울었어? 많이 속상했구나"

작은아이가 울기 시작한다.

"엉-, 어떡해."

계속 우는 작은아이. 잠깐 기다렸다가 말을 이었다.

"이제 둥이를 더 사랑해주면 되겠다. 그치? 날름이가 어디 아팠나부다. 살이 계속 빠지는 거 같더니."

"엄마." 한참 동안 아무 말 없던 큰아이가 나를 부른다.

"응?"

"날름이 묻어준 자리에 묘 만들려고."

"날름이 묻어줬어?"

"어."

"어디에 묻어줬어?"

"저기 계단 하나만 내려가면 밖으로 나가는 중앙통로 있잖아…."

"뒤에 주차장 있는데?"

"위에 있는 위층 주차장에."

"응."

"흙 있는 곳에 묻어줬어."

"표 나게 뭐 하나 꽂아놨어?"

"아니 이제 꽂아놓으러 갈려고."

"아~."

"엄마~."

목소리가 진정된 둘째 M이다. 전화를 많이 했는데 왜 받지 않았냐고 묻는다. ○○누나가 학교생활이 힘들어서 많이 울었다고 ○○이모로부터 전화가 왔다. ○○이모가 많이 속상해해서 전화를 끊을 수가 없었다. 지금도 함께 저녁 먹기로 한 H이모가 기다리고 있다. 많이 슬프겠지만 엄마가 전화를 끊어도 괜찮을까? 물었다. "네."라고 답해주는 아이가 신기하다. "사랑해요~." 덤으로 애정표현까지 해주다니 내가 더 사랑한다. H에게 미안함을 표하고 저녁 식사를 마쳤다.

차를 마시기 위해 자리를 옮겼다. 가로등 불빛을 받고 있는 벚꽃이 바람에 몸을 던졌다. 아름답다. 라떼를 주문하고 자리를 잡았다. 신학기가 시작되고 담임과의 만남 자리에 다녀온 후라 자연스럽게 큰아이 이야기가 시작됐다. 변화의 중심에 큰아이가 자리하고 있기도 해서다. 사람의 눈을 보고 이야기를 할 때는 한 송이의 꽃이 된다.

"학부모총회에는 참석하지 않고 담임과의 만남 자리를 갔어요. 3학년 교실 찾는 게 미로 같아서 한참 헤매다 찾았거든. 다른 학부모가 오지 않아 W 면담을 했어."

"응."

"W가 친구들에게 배려하는 편이라 봉사위원도 됐고, 친구들 웃기기도 하며 잘 지내고 있다고 하데. 수업 태도를 물어보니까 활동할 때 보면 충분하게 하지 않는 것 같다고 하는 거야. 예를 들면 '찾아볼까?' 하면 딱 하나만 찾는데. 선생님이 '더 있을 것 같지 않아?' 말하면 또 하나를 더 찾고. 수학 같은 경우는 집중을 잘 안 한다고 하데. 집에서도 그렇다고. 너무 하기 싫어한다고 했더니 '공부를 너무 많이 시키시는 거 아니예요?' 하더라고. '저요? 저는 아무것도 시키지 않습니다.' 했더니 순간적으로 확장되는 선생님 눈에 약간 민망함이 느껴지드라. 웃었어. 학교에서 선행학습을 하지 않도록 하지만, W의 반 친구들은 이미 진도가 한참 앞이라고 말하며 못 따라가면 나중에 W가 힘들어진다고 했어. 3학년까지는 잡아서 가르칠 수 있으니 지금부터라도 조금씩 가르치는 게 좋을 것 같다고 하드라. '네~.' 했지. 그리고 글씨 부분을 이야기하길래 글씨만큼은 잡고 싶어서 아침마다 동화책 쓰기 1장을 하고 있다고 했거덩. 글씨 또한 W가 아주 힘들어하는 것 중 하나라고 했더니 보상을 해서라도 잡아 보는 게 좋을 것 같다고. W가 자신이 쓴 글을 발표할 때 무슨 글자인지 몰라서 발표를 하지 못한 적도 있다고 하드라(연신 웃음)."

"공부하고 글씨 바르게 쓰는 게 재미없지."

"주위 사람들 말 듣고 같이 공부 봐주다가 W랑 사이가 또 틀어졌어. 방과 후 프로그램도 수학은 끊고 요리랑 탁구만 하거든요. 수학은 문제집 사서 집에서 같이 하기로 했어. 문제집 사서 줬는데 더하기 빼기도 똑바로 못 하는 거야. 빼기 문제에서 일의 자리와 십의 자리는 빼고 백의 자리는 더해서 문제를 푸는 거지. 풀어놓은 문제를 보니까 너무 짜증이 나는 거야. 이번엔 진짜 하지 말자 했거든요. '니가 엄마, 나 공부 좀 시켜주세요.' 애원하기 전까지는 절대로 공부 안 시킨다 그랬어. '니가 문제집도 사달라고 했으니까 문제집 값은 줘. 네가 제대로 풀면 엄마가 지원할 수 있지만 한다고 하고 제대로 안 했으니까 엄마가 문제집 값은 받아야겠다.' 그래서 12,000원도 받았어. W가 울어. 내가 또 무슨 짓을 한 건가 싶었어. 나는 육아를 아이의 자립에 방향을 두기로 했는데. 지금 내 행동은 어떤가를 돌아보게 되드라구요. 공부를 하지 않아도 생활은 해야 하잖아. 그래서 생활을 가르치기로 했어. 밥하는 방법도 가르쳐. 너무 재미있어 하드라. 달걀 프라이도 가르치고. 설거지도 시키고. 주말에 W가 설거지랑 밥, 달걀 프라이까지 다 했어요."

"W가?"

"응. 물론 설거지를 제외하면 실수를 했지. 실수에 대처하는 방법도 알려줄 수 있겠다 싶어서 잘됐다 싶었어요. '한 번 했는데 이 정도면 잘하는 거 아니에요?' 하길래 이 녀석 많이 좋아졌다 생각됐어요. 아주 잘하는 거라고 이야기해주고, 엄마 같은 경우는 실수한 건 기억에 딱 남아서 다음번에는 실수하는 일이 줄어들었다고 말도 해 줬어요. 그리고 학교 갈 때, 태권도에서 돌아올 때 스스로 걸어가고 걸어와도 좋다고 허락했어요. 그랬더니 재미있는 현상이 생겼어요. 태권도 차량을 타고 등교할 때는 몇 번을 말해도 놓고 가는 것들을 이젠 스스로 챙기고 있는 거예요. 너무 신기했어요. 아침 등굣길을 기다리더라고. 아이를 믿는 건 정말 기다리는 건가 봐. 아이가 불을 사용하며 행여나 데일까봐 마음이 조마조마했거든요. 근데, 데여봐 야 뜨겁다는 걸 알잖아. 내가 백 번 이야기하는 거보다 해보는 게 나은 건데. 사랑의 초점을 어디에 두어야 하는지 많은 생각을 하게 되드라고. W가 행복하데요."

"W는 좋겠다. 이런 엄마와 살아서."

"H, 공부를 안 하면 아이들을 정말 행복한가봐."

"왜 그렇게 생각해요?"

"M의 경우만 봐도 그래. 병설 유치원 입학하고 집으로 돌아와서 다음날부터 태권도에서 등하교를 시켜주는 걸로 이야기가 돼 있었 거든요. M도 합의한 내용이었고. 그런데 다음날 갑자기 유치원 가 기 싫다고 난리도 아닌 거예요. 참사랑 갈 거라고 우는데 어찌나 서 럽게 우는지. 아무리 달래도 답이 없어서 엄마가 데려다주면 갈 거 냐고 했더니 유치원에 같이 있자고 하는 거야. 엄마는 유치원을 다 닐 수 없으니까 안 된다고 이야기하고, 데려다주겠다고 구슬려서 데 리고 나왔어. 마음이 많이 쓰이더라구요. 그렇게 서럽게 우는 게 오 랜만이기도 하고. 그런데, 그렇게 울고 간 그날 저녁에 집에 온 M이

입에 모터를 단 거에요. 한시도 쉬지 않고 떠들어 대는데 머리가 아플 지경이었어. 아주 어이가 없드라고. 다음 날부터 태권도 차를 타고 간다고 하데요. 그런갑다 했죠. 다음날도 모터. '아따, 지치지도 않는다.' 하며 들어주었어요. 며칠 가겠나 했는데 한 달이 다 되어가는 지금도 모터를 달았어요. 처음에는 참사랑 어린이집 선생님들이 의심되드라구요. 난 믿고 있었는데 이 선생님들이 믿음을 배반한 건 아닌가. 아닐 텐데. 혼란스러웠어요. 그러다 든 생각이, 병설 유치원의 학습 양이 많지 않다는 게 떠올라서 물어봤죠. 'M, 병설에서 수학 공부해?', '아니.', '그럼 한글 공부도 안 해?', '한글 공부는 해. 그런데 기역, 니은, 디귿 그렇게는 안 해.' 그렇게 이야기하더라구요. 이 아이의 아이다움이 학습에서 벗어남에 있는 건 아닌가 생각했어요. H도 알다시피 참사랑은 학습양이 좀 되잖아요. M이 한 번도 싫은 내색 없었고, 영어도 우리 집 최고의 실력자일만큼 에이스다 생각했는데, 힘들었나봐. 저번에도 좋아하는 줄 알고 생각하는 마음에 걸려서 '병설 가면 영어 안 배울 텐데 학원 보내줄까?' 했더니 '나 영어 싫어해.' 하드라. 깜짝 놀랐어요. 아이가 인정받고 싶어 하는 마음에 오해를 살 만큼 열심히 했구나 싶으니 안쓰럽더라고."

"그래 꿈아 씨. 시키지 마. 할 때 되면 다 알아서 한다. N도 동생이 공부에 관한 건 싹 다 끊었는데 여름방학 때 정말 아무것도 안하고 내내 멍 때리던 N이 시간이 지나니까 자기가 하고 싶은 걸 이야기하면서 말하더래. 지금은 N이 원하는 것만 하고 있어."

"그니까. 나도 W에게 왜 10분을 투자해야 하는지도 알려줬고 엄마는 할머니가 공부하란 소리를 안 했는데, 엄마가 하고 싶은 것이 생겼을 때 공부하려니 너무 힘들어서 할머니가 조금 원망스러웠던 적이 있었다고 이야기해줬거든. 근데, 정말 어렵드라고. 포기하고 싶을 만큼 힘들었어. 그게 나를 불안하게 해."

"아니야. 충분히 자기 시간을 보내면 필요할 때 계속 할 수 있을 거야."

"그럴까? 포기하고 싶었던 나의 경험이 불안을 야기시키고 있어. 아혹-. 정말 어려운 게, 내가 다짐을 하고 있어도 주위에서 계속 이야기를 들으니까 혹하게 된다. 그럼 나는 귀를 닫아야 하는 걸까? 아니면 '그럴 수도 있겠다.' 생각하며 '그래도 나는 이렇게 키울 거다.' 해야 하는 걸까? 사회적 평범함과 너무 동떨어진 삶인 거 같아서 흔들리네요.

참, W의 선생님이 W의 좋은 점을 말해줬는데요. W가 자신의 생각을 이야기했을 때 선생님께서 '이런 방법은 어때? 이 방법도 괜찮은 거 같은데.'라고 이야기하면 그걸 받아들인대요. 다른 사람의 생각을 튕겨 내는 아이들이 많은데 W는 그걸 받아들이는 점이 참 좋아 보였데요. 이 이야기를 듣자 엄청 안심이 됐어요. 난 아주 개인적이었어요. 다수를 바라볼 여유가 없었거든요. 부끄럽게도 개인적인 삶을 살면서 넓은 시야로 삶을 바라보지도 못했어. 내가 경험하고 획득한 지식은 그 누가 이야기를 하며 다른 방법을 이야기해도 듣지 않았어요. 그게 나쁘다는 게 아니라 '그럴 수도 있다.'라고 한 치의 용납도 하지 않았거든요. 그 좁은 세상에서 살았단 말이에요. 부모의 모든 것을 닮을 내 아이가 나의 이런 좁은 시야를 닮을까 걱정했는데, 아니라서 안도했어요. 내 노력이 헛되지는 않았구나 싶어서 기쁘기도 했어요."

"W를 너무 걱정하지 마. 꿈아 씨만큼 노력하는 엄마도 없어. 정말 쉬운 거 아니에요."

"H가 그렇게 말해주니까 그래도 힘이 난다. 대부분은 나더러 생각이 없다고도 하고 간도 크다고 하는데. 이래서 H랑 대화가 더 즐거운지 모르겠다."

서로 풀어낼 이야기가 많은 데다, 풀어낸 이야기에 따라오는 이야기로 못다 한 말이 에펠탑처럼 쌓인다. 늘 아쉬운 건 시간이다. 내가 살아가는 원동력은 내 안에서 나오는 것이 가장 좋은 것일 거다. 밤 10시에도 내 목소리가 아침 새소리 같아 그저 기분이 좋아진다고 말하는 H 덕분에 살맛이 난다. 이문재 님의 '봄날'이란 시를 빌려서 계란탕처럼 순한 봄날엔 언제나 내가 떠올랐으면 한다고 전했다. 계란탕처럼 순한 봄날, 벚꽃보다 더 반가운 나를 만났다는 H가 예쁘다.

집으로 돌아와 서방님에게 날름이 이야기를 물었다. 목욕 모래에 옆에서 눈을 뜨고 있는 날름이를 발견하고 급하게 아빠를 찾은 큰아이. 아빠가 죽었다고 이야기를 해도 믿지 않고 동물병원에 가야 한다며 졸랐다고 한다. 아빠의 스마트폰을 열어 근처의 동물 병원을 검색하고는 급하게 잠바를 입고 지금이라도 병원을 가서 아픈 건 빨리 고쳐줘야 한다며 나갈 준비를 서둘렀다고 했다. 날름이의 집을 들고 뛰어 내려가다 보니 전화기를 두고 와서 아빠 전화기를 가져와야 할 거 같다고 다시 집으로 가자 하여 집으로 돌아왔고, 집에 돌아온 김에 동물병원에 다시 전화를 해보자고 말했단다. 몇 통의 전화는 다 받지 않았고 마지막으로 건 동물병원이 전화를 받았단다. 다행이 젊은 의사분이 전화를 받았고 큰아이는 햄스터가 움직이지 않는다며 죽은 건지 물었다고 했다. 의사분이 배를 보고 숨을 쉬지 않으면 죽은 거라고 말하니 그제야 햄스터가 죽었다고 인정했다는 아이. 아이의 따뜻함에 눈물이 고였다. 서방님이 아이의 호들갑에 무안함을 주지 않고 말없이 따라준 것에 감사했다. 불현듯 내가 아이를 어떻게 키우기로 했는지 생각이 났다. 아이는 내가 키우고자 하는 방향으로 잘 자라고 있었다.

사람이 생각하는 성공은 다 다를 것이다. 나는 여러 날 나를 이해하며 알았다. 돈이 중요하긴 하지만, 그보다 더 중요한 것이 있다고. 내가 성공이라 생각하는 것은 나다운 나로 살아가는 것. 아이는 아이가 가진 재료로 자신의 삶을 꾸려가는 것. 자신의 색을 내는 아이로 살아가는 것. 거기에 따뜻함을 잃지 않고 자신의 소중함을 알아서 타인의 소중함도 아는 사람으로 자라는 것. 자세히 보니 아이는 그렇게 자라고 있었다. 흔들리는 내게 어깨를 두드리듯 아이는 알려주고 있다.

W의 햄스터인 날름이가 떠난 다음 날. 일찍 깬 큰아이가

"엄마~ 나 날름이 묻은 데 가서 좀 보고 올게."

"응, 잠바는 입고 나가."

"알았어요."

조금 있으니 작은아이가 방문을 열고 물었다.

"엄마, 형아는 어디 갔어?"

"날름이 묻은 데 잘 있는지 보고 온데."

"그럼, 나도 날름이 잘 있나 좀 보고 올게."

"그렇게 해."

속으로 좀 유별난 거 아닌가 하는 생각이 들었지만 아무 말 하지 않았다. 죽음을 맞이하는 방법을 배울 수 있는 기회라고 생각했다. 슬픔. 충분히 슬퍼해야 떠나보낼 수 있다는 지론에 동의한다. 학교를 마치고 온 큰아이와 준비물을 사기 위해 함께 길을 걸었다. 나무 위에 참새가 지저귀고 있었다. 날름이가 새가 되면 좋겠다고 말하던 아이에게 "네가 간절히 원하면 새가 다시 태어날지도 몰라." 하며 대답했다. 길을 걷다 큰아이가 말했다.

"엄마, 저 새."

"어?"

"저 새, 혹시 날름이 아닐까?"

"날름이가 하루 만에 새로 태어날 수 있을까?"

"태어날 수도 있지."

"그런가? 그럴 수도 있겠다."

한참을 또 걷다가 입을 열었다.

"엄마, 나는 날름이가 파랑새로 태어났으면 좋겠다."

"그래? W는 파랑새 본 적 있어?"

"아니."

"엄마가 알기로 파랑새를 보려면 마음을 잘 가꾸어야 해. 파랑새는 희망이거든. 그래서 누구에게나 보이지 않는 걸로 알고 있어. 날름이가 정말 파랑새가 되어 W를 찾아와도 W가 파랑새를 볼 수 없을지도 몰라."

"정말?"

"응, 너랑 이야기하다 보니 날름이가 파랑새로 태어나면 정말 좋을 거 같다."

책장 양쪽 나란히 자리하고 있던 햄스터였는데, 날름이 집이 빠진 자리가 휑하여 사람이 아닌데도 난 자리가 느껴졌다. 책장에 며칠 전부터 있던 그림과 봉투 모양으로 접힌 종이가 있었다. 봉투를 열어볼 생각은 없었는데, 펼쳐보자 안에 편지가 있었다. 큰아이가 날름이에게 쓴 것이었다.

귀여운 날름이에게♡
날름아 우리가 너를 괴롭혔다면 미안해 ㅜㅜ
우리는 너를 즐겁게 해주고 싶었을 뿐이야 정말 미안해
하늘나라에서도 행복하고 건강해야 돼
2019년 3월 21일 금요일 권○○ 하늘나라로 올림

하트 풍선으로 여백을 채울 만큼 그려놓고, 우리 가족과 햄스터까지 그렸다. 편지를 보자 또 눈물이 났다. 햄스터를 가져올 때 즐겁게 놀아줄 거라고 외치며 힘 조절 못하는 아이들에게 햄스터는 스트레스를 받으면 수명이 단축된다고 말해주었다. 행여나 조심하라고 말해준 것에 죄책감을 느끼고 있는 건 아닌지 걱정이 되었다. 찾아보니 암컷이 수컷보다 수명이 짧다고 되어 있었다. 토요일 아침

맥모닝을 즐기러 나섰다. 차에서 큰아이에게 말했다.

"W야, 엄마가 W가 날름이에게 쓴 편지 읽었거든."

"응."

"W는 놀아준 건데 그것 때문에 날름이가 죽었을까봐 마음이 쓰이지?"

"으-응."

목소리가 점점 작아졌다.

"엄마도 너무 갑작스러워서 찾아봤거든. 암컷이 수컷보다 수명이 짧다고 나와 있더라. 날름이가 스트레스받은 것도 있겠지만, 꼭 그것 때문에 죽은 건 아닌 거 같아."

"아~."

"W야, 혹시나 나 때문에 날름이가 죽었으면 어떡하지 싶어서 힘들었지?"

"네-."

"몸으로만 스트레스를 주는 게 아니라 말로도 그럴 수 있다. 말을 함부로 하면 마음이 상처입일 수도 있어. 신문에 보면 중학생 형아랑 누나들이 죽었다는 기사들이 나온다. 그런데 그 형아랑 누나들은 마음에 상처를 입어서 그렇게 된 거래."

"네~?"

믿지 못하는 거 같았다.

"우리 가족은 말로 상처 주지 않도록 마음을 잘 살피는 사람이 되자. 그리고 마음이 힘든 일이 생기면 엄마하고 아빠에게 이야기하고 해결방법을 함께 찾자."

"네~."

분명 아이들은 다 알아듣지 못했을 것이다. 그러나 나는 할 수 있는 만큼 설명할 것이다. 큰아이를 갓난쟁이부터 지금껏 키워오면서 후회되는 일이 무엇이냐 묻는다면 '너는 몰라도 돼.' '너는 알지 못해'라는 마음으로 설명 없이 아이를 키웠다는 것이다. 모를 거라 생각했다. 나를 알아가며 알게 된 귀한 선물 같은 깨달음이다. 내가 단정하면 안 되는 것이다. 아이의 능력은 항상 내가 상상하는 것 이상이다. 설명하고 알려주고 나서 결과를 보는 것이 내 의무가 아니라, 설명하고 알려주고 기다려주는 것이 아이를 낳은 내 의무라 생각하고 있다.

내가 변하면 모든 것이 변한다. 나를 알아가며 변화하는데 가장 큰 도움을 주고 있는 것이 아이다. 우린 함께 성장할 것이다.

마
치
는
글

　성인이 되고 나면 내가 걸어야 할 길이, 비단길까지는 아니라도
쫙- 펼쳐진 포장길 정도는 될 줄 알았다. 그러나 비포장도로를 걸으
면 돌부리에 걸려 자주 넘어지는 내가 있었다. 작은 말에도 상처받
고 자존심을 지키느라 그 앞에서는 눈물 한 방울 흘리지도 못하는.
돌아보면 '혼자'라는 것이 두렵고 무서웠다. '혼자'가 될까 봐 발 동동
구르며 타인의 말에 응답하며 살아온 것이 아닌가 싶다.
　언니는 자주
　"나 자신을 귀하게 여겨야 다른 사람도 나를 귀하게 여긴다."라고
말했다. 그러니까, 도대체 그게 뭐냐고요. 방법을 알려달라고요!

　나를 알아야 하는 것이었다. 나를 귀하게 여겨 사랑하며 살려면
나를 이해하는 작업이 선 이행되어야 했다. 타인에게 가졌던 물음표
를 나를 향해 가져야 했다. 법무사 사무원으로 일할 때 외근이 많
았다. 두어 번 다녀온 길도 내비 없이는 어려웠다. '너 도대체 외근
나가는 걸 왜 이렇게 싫어해?' 여러 번 내게 던진 질문에는 많은 내
가 담겨 있었다. 초등학교 시절 엄마 따라 구포시장을 갔다가 길을

×
×
×
×

잃은 적이 있다. 구포역에서 기다리라는 엄마 말을 듣지 않고 엄마를 찾아 나선 것이다. 길이 엇갈려서 영영 헤어질 뻔했던 기억. 나는 외근이 싫은 것이 아니라 정확하게는 모르는 길이 무서웠던 거였다. 어떤 일을 시작하려면 준비하고 또 준비해서 시뮬레이션까지 해봐야 시작이라도 할 수 있는 나였다. 그렇게 시작된 일은 목표가 되고, 목표가 설정되고 나면 앞만 바라보고 달리는 내가 있다. 실패는 용납할 수 없었다. 타인이 인정해주는 '잘하는 나'가 되기 위해 열심히 노력했다. 굵직한 성취감도 잠시, 외롭고 속이 헛헛했다. 내가 인정하지 않았기 때문이다.

　나를 이해하면 가장 좋은 것은 '나'다. 그리고 나와 더불어 사는 가족, 더 나아가서는 이웃이 된다. '나'를 알지 못하며 타인을 이해하는 것은 진정으로 이해하는 것이 아니다. 틀에 박혀 살았던 내가 이런 이야기를 하는 것이 우습기도 하지만, 사람은 변한다. 소싯적에 '사람의 탈을 쓴 것들만 변하는 거지.' 하며 부끄러운 생각을 하던 나도 변했다. 몇십 년의 세월을 견딘 나무를 보자. 땅에 내린 뿌리가

×
×
×
×

어떠할까? 아주 견고할 것이다. 나의 내면은 나무의 뿌리처럼 견고하게 자리 잡으면 좋겠다. 그리고 계절에 맞추어 옷을 갈아입는 나뭇잎처럼 유연하게 살고 싶다. 좋을 땐 꽃도 피우고 슬플 땐 낙엽 떨구며 살아가는 삶. 부는 바람에는 흔들려야 쓰러지지 않을 텐데, 그 바람을 이겨보려고 꼿꼿하게 몸 세우다 많이도 넘어졌다.

껍데기만 '나'로 살아온 이유는 책임회피가 컸다. 어디선가 들었다. 많은 사람이 자신을 지킬 칼의 칼자루를 타인에게 손에 쥐여주고는, 타인이 휘두른 칼에 맞아서 아프고 죽을 것 같다며 아우성을 친다고. 내 삶은 내가 선택하고 책임지는 '나'로 살아야 하는 것이다.

나를 이해하는 것이 필요한 이유를 묻는다. 행복하기 위해서다. 행복이 뭐냐고? 만족한 삶을 사는 것! 이라고 말하고 싶다. 열심히 살면 나아질 거라 막연하게 생각했다. 나아지지 않았다. 삶은 무조건 열심히만 한다고 되는 건 아니었다. 삶은 적극적인 자세로 삶의 주인으로 살아야 하는 것이었다. 책임을 회피하기 위해 남에게 묻

×
×
×
×

는 삶이 아니라 만족스러운 삶을 위해 내게 묻고 답하는 것이 일상
적인 삶. 행복은 성공이 주는 유일한 선물이 아니었다. 평범한 일상
속에서 나를 이해하며 살면 생기는 충만함이 타인에게로 흐르는
삶, 이 또한 행복이라는 걸 함께 하고 싶다.